聖剣学院の
魔剣使い
Demon's Sword Master
of Excalibur School
[5]

「いい度胸ね。その勝負、受けてあげるわ！」

「……～っ、レ、レオ君を返して！」

「セリアさん、
最近ちょっと欲張りになってませんか?」

「そ、そんなことないもん……」

「聖剣〈天眼の宝珠《アイ・オヴ・ザ・ウィッチ》〉形態変換《モード・シフト》――〈魔閃雷光《レイ・オヴ・ヴォーパル》〉！」

「――撃《ファイア》て！」

Demon's Sword Master of Excalibur School 5
Author Yu Shimizu
Illustration Asagi Tosaka

聖剣学院の魔剣使い５

志瑞祐

MF文庫J

Contents

Demon's Sword Master of Excalibur School

Character

Demon's Sword Master of Excalibur School

リーセリア

レオニスの眷属であると同時に保護者となった少女。

レオニス

1000年の時を経てなぜか10歳児に転生した最強魔王。

レギーナ

リーセリア付きのメイド。ある秘密を抱える。

咲耶

ヴォイドに滅ぼされた〈桜蘭〉の少女。剣の達人。

エルフィーネ

レオニス達の小隊のまとめ役。フィレット社の令嬢。

シャーリ

暗殺メイド。レオニスの闇の眷属の一員。お菓子好き。

ブラッカス

闇の眷属の一人にして〈影の王国〉の王子。モフモフ。

ヴェイラ

永久凍土で発掘された〈竜王〉。レオニスと同格の〈魔王〉の一人。

口絵・本文イラスト：遠坂あさぎ

プロローグ

Demon's Sword Master of Excalibur School

　――半年前。

　暗闇の中に輝く無数の赤い光は、絶望の色だった。

「どういうことだっ!?　こんな急速に孵化《ふか》が始まるなんて!」

「エルフィーネ、状況の報告を頼む――」

「十三、十七、十九、二十一、二十八――嘘《うそ》、どうして……!」

　部隊が恐慌状態に陥る中、エルフィーネは状況把握に全神経を集中する。

　学院を代表するエリート部隊に与えられたのは、〈ヴォイド〉の〈巣《ハイヴ》〉の調査任務。

　これまで、彼女たちが幾度となくこなしてきた任務――そのはずだった。

　彼女たちに、油断があったわけではない。

〈炎獅子《えんじし》〉ライオット・グィネスの率いる第七小隊が、〈ヴォイド〉の勢力圏内で、油断などするはずもない。

　彼女たちはただ、運が悪かった。

　それは、突然おとずれた。エルフィーネの展開する〈天眼の宝珠《アイ・オヴ・ザ・ウィッチ》〉による偵察網《ネットワーク》も、その兆候を捕捉することはできなかった。

最初に孵化したのは、巨大な昆虫と、トカゲを掛け合わせたような個体だった。
気付いたときには、隊列の先頭を歩くザックの首が飛んでいた。
誰も悲鳴を上げなかったのは、日頃の訓練による成果だろう。
部隊長であるライオットの判断は素早く、的確だった。
即座に撤退を指示。あらかじめ想定していたルートで、遺跡からの脱出を図った。
同時に、エルフィーネは味方部隊に救援を要請する。
——が、その瞬間。
■■■■■■■■■ッ——！
ザックを殺した固体が、不協和音のような雄叫《おたけ》びを上げた。
強力なＥＭＰ《高密度魔力波動》バラージによりあらゆる通信が遮断され、魔導機器が使用不能に陥る。
雄叫びに反応して、結晶体の中に眠る〈ヴォイド〉が、次々と孵化を始めた。
——ピシッ——ピシピシッ——ピシッ——！
結晶体の砕ける音。絶望の音が、遺跡の内部に反響する。
「俺とレスカが突破口を開く。エルフィーネ、援護を——！」
ライオットの〈聖剣〉が、孵化したばかりの小型〈ヴォイド〉を焼き尽くした。
だが、〈ヴォイド〉の孵化は止まらない。
三十四、三十七、四十一、四十二、四十三、四十四——

悪夢だった。これは――小規模な〈大狂騒《スタンピード》〉だ。

「……っ、〈天眼の宝珠《アイ・オヴ・ザ・ウィッチ》〉形態変換《モード・シフト》――」

エルフィーネが〈聖剣〉を攻撃形態に変換――

「フィーネっ！」

レスカが彼女の腕を掴《つか》み、地面に引き倒す。

刹那。〈ヴォイド〉の鎌のような腕が、レスカの身体《からだ》を一瞬で引き裂いた。

「レスカっ……嘘《うそ》……レス……カ……あ、ああ……あ……」

目の前の光景に、エルフィーネの頭が真っ白になる。

周囲に展開した〈聖剣〉の宝珠が、その輝きを失い、虚空へ消えた。

「エルフィーネ、立て！　エルフィーネ――」

ライオットが、彼女の腕を無理矢理掴んで走らせた。

……その後のことは、ほとんど記憶にない。

古代遺跡にて〈巣《ハイヴ》〉の発掘調査中、〈聖剣士〉二名が死亡。

その日、エルフィーネ・フィレットは、〈聖剣〉の力を失った。

第一章　暴虐の竜王

Demon's Sword Master of Excalibur School

「――ねえ、レオはどこ？　ここにいるんでしょう？」

――と。

宙に浮かぶ、真紅の髪の少女は――

窓を開けたまま唖然《あぜん》とする二人に、そう問いかけた。

暴力的なまでに美しい少女だ。

傷ひとつない、滑らかな膚《はだ》。

美の神が造りあげたかのような、完璧な肢体。

その瞳は、焰《ほのお》をたたえた紅玉のように輝いている。

少女は、空に君臨する王のように二人を睥睨《へいげい》し、

「――もう一度だけ、訊《き》くわ。レオはどこ？」

魔性を思わせるその少女は、底冷えのするような声で、再度問いかける。

大気がビリビリと震え、真紅の髪が激しい風にあおられる。

「……っ、あ、あなたは――！」

二階の窓から上を見上げて、リーセリアはようやく、声を絞りだした。

「あなたは、誰？」

「へえ、人間如《ごと》きが、あたしに名を訊《たず》ねる？」

「……っ!?」

少女がその瞳を向けた途端、リーセリアは身がすくむような寒気に襲われた。

まさに蛇に睨《にら》まれた蛙《かえる》。否《いな》、竜に睨まれた兎《うさぎ》だ。

（な、なんなの、この娘……レオ君を探している？　どうして――）

パニックに陥りつつも、背後の少年を守るべく、気丈に少女を睨み返す。

が、リーセリアの態度は、少女の機嫌を損ねたようだ。

「――不敬よ、人間」

少女がすっと右手を前に突き出した。

その指先に、小さな橙色《だいだいいろ》の火球が生まれ、一瞬で膨れあがる。

「紅蓮閃雷《クリムゾン・フレア》――」

「――っ、待て、ヴェイラ！」

と、リーセリアの背後の少年が声を上げた。

（レオ君!?）

振り向くと、レオニスは苦虫を噛《か》み潰したような表情で、空中の少女を睨んでいる。

ヴェイラ、と呼ばれた少女が、その整った眉をわずかにつり上げた。

「子供、いま、もしかして、あたしの名を口にした？」

「ああ、俺が――僕がレオニスです」

「……はぁ？」

真紅の髪の少女は、レオニスを鋭く見下ろして――

「なに？　どういうこと？　子供を使って、このわたしを謀《たばか》ろうと言うの？」

「子供に、これを持つことができますか？」

言って、レオニスは足下の影から、自身の身長よりも長い杖《つえ》を取り出した。

と、少女は紅玉の瞳を大きく見開く。

「……っ、封罪の魔杖《まじょう》……まさか!?」

「とりあえず、中で話しましょう。僕も――あなたには訊《き》きたいことがある」

レオニスが踵《きびす》を返し、部屋の窓から離れる。

「レオ君……」

「セリアさん、ご心配なく。彼女は旧《ふる》い――そう、とても旧い友人です」

少女は、しばらく空中に浮かんだまま、思案していたが――

「……ふぅん、ま、なにか事情があるみたいね」

ふっと肩をすくめると、窓枠に降り立ち、部屋の中に入ってきた。

◆

真紅の髪の少女と共に自室に入ったレオニスは、ドアに鍵をかけると、即座に音を完全遮断する結界を展開した。

それから、すううううう、と息を吸い込んで――

「……っ、貴様、なぜ生きているっ！」

頭ひとつ背の高い彼女に、魔杖《まじょう》の尖端《せんたん》を突き付けた。

そう、レオニスは目の前の少女の正体を知っている。

彼女こそ、永久凍土で発掘され、氷塊の中に封印されていた真紅の巨竜。

八人の〈魔王〉の一人、竜王〈ヴェイラ・ドラゴン・ロード〉の人間形態であった。

と、その少女――ヴェイラは、絶対王者にふさわしい優雅な微笑《ほほえ》みを浮かべて、

「愚問ね。あたしは地上で最も強靭《きょうじん》な生命体、ドラゴンの王よ。不死なのは――レオ、なにもあなただけの専売特許じゃないの」

「……っ！」

それは、同じ〈魔王〉として、幾度も彼女と戦ったことのあるレオニスだからこそよくわかる、説得力のある言葉だった。

（……そうだ。こいつは、殺したからといって死ぬような生命体ではなかったな）

しかし――

「貴様が生きているのは理解できる。だが、虚無に侵食されていたはずではなかったか」

レオニスが苦々しく問いかける。

氷塊の封印より解き放たれた〈竜王〉は、虚無の瘴気《しょうき》にその身を侵され、〈ヴォイド・ロード〉となった。そして、〈第〇七戦術都市《セヴンス・アサルト・ガーデン》〉の上空で散々暴れたあげく、レオニスとの死闘の末に消滅した、はずだった。

だが、

「ヴォイド？」

と、ヴェイラは怪訝《けげん》そうに首を傾《かし》げた。

「……っ、まさか、俺と戦ったことを覚えていないのか？」

「そうね。いえ、ぼんやりとした記憶はあるわ――」

ヴェイラは何かを思い出すように、おとがいに手をあてて、

「封印から目覚める直前に、誰かの声が聞こえた気がして……それから、完全に意識を失って、また目を覚ましたら、海の中にいたの。そりゃあ吃驚《びっくり》したわよ。身体《からだ》がほとんど崩壊しかかってて、このままじゃ、ほんとに消滅するって思ったから、肉体のほとんどを切り捨てて、なんとかこの姿になったの。最悪の目覚めね」

「虚無に侵食された肉体を、切り離したというのか？」

「その虚無っていうのがよくわからないけど、ま、そういうことね。おかげで、力の大半をあっちに持っていかれてしまったわ」

(……まるでトカゲだな)

レオニスは胸中で呟《つぶや》くが、実際に口にはしない。

トカゲに喩《たと》えることは、竜にとってまさに逆鱗《げきりん》に触れる、禁忌の言葉なのだ。

「でもね――」

と、彼女は悪戯《いたずら》っぽく笑い、レオニスの額を指先でつんと小突いた。

「レオ、あんたに殺されたっていうのは、すぐにわかったわ。あたしをあんな風に殺せるのは、やっぱりあんたしかいないもの」

「まあ、お前とは何度もやり合っているしな……って、な、なにをする!?」

ヴェイラは顔をぐっと近付けると、すんすんとレオニスの髪の匂いをかぐ。

「うん、本当にレオなのね。レオの匂いがするわ」

目の前に突き出された、ふたつの胸の谷間。

顔を赤くしたレオニスは、あわてて目を逸《そ》らし、

「まさか、匂いでここまでたどりついたのか?」

不死者の肉体であった頃と違い、いまのレオニスは、綺麗《きれい》好きの眷属《けんぞく》によって毎日風呂に入れられている。いくらドラゴンの鼻が利くといっても、追跡などできまい。

（……というか、そもそも人間の肉体になってるしな）

と、ヴェイラはそんな疑問に答えるように、首を横に振った。

「魔力の波長のことよ。ドラゴンの眼《め》は魔力を視《み》ることができるの」

「ああ、そうであったな」

煌々《こうこう》と輝く金色の瞳を見て、レオニスは納得する。普段から、魔力は隠蔽しているつもりだったが、彼女の竜眼は誤魔化《ごまか》せなかったようだ。

「でも、身体《からだ》の匂いは変わったわね。なんだか、爽やかな花の香りがするわ」

ヴェイラはまたすんすんとレオニスの頭に顔を近付けてくる。

花の香りがするのは、たぶん、リーセリアと同じシャンプーを使っているせいだろう。

「……ところで、そろそろ、こっちの質問にも答えて欲しいんだけど」

と、ヴェイラは腕を組み、レオニスを見下ろした。

「なんで、子供の姿なんかになってるのよ？」

「……不測の事態があってな、転生に失敗したんだ」

ヴェイラは、レオニスの顔をまじまじと見つめ、

「魔術に失敗？　あんたが？　そんなこともあるのね」

「転生は不確定要素の多い、第十二階梯《かいてい》の魔術だからな」

レオニスは憮然《ぶぜん》として言った。

「ふーん……でも、全然面影がないわ。勇者時代のレオ、こんなに可愛《かわい》かったのね」

「余計なお世話だ」

「なんだか、反応まで子供みたいになってる」

ヴェイラはくすっと笑うと、レオニスのベッドの上にぼふっと座る。

真っ白なベッドシーツに、紅蓮《ぐれん》の髪が華のように広がった。

すらりと伸びた美しい脚を、無造作に投げ出して、ぶらぶらと遊ばせる。

「勝手に座るな」

抗議の声を上げるレオニスを無視して、

「ここが、〈不死者の魔王〉の城なのね」

彼女は物珍しそうに、部屋の中を見回した。

「いまのところはな」

「ずいぶん手狭になったものね。〈死都《ネクロゾア》〉の〈デス・ホールド〉は廃城になったの？」

「お前の〈天空城《アズール・フォート》〉は、どこぞの海の底に沈んだそうだな」

「ええ、〈光明の神々《ルミナス・パワーズ》〉の遣わした龍神《りゅうじん》を道連れにしてね」

ヴェイラは肩をすくめると、ベッドサイドに置かれたフォトフレームに目を移した。

第十八小隊が、初めて訓練試合に勝利した時の記念写真だ。

その写真に写るリーセリアの姿を見て、

「――あの娘、不死者の眷属《けんぞく》ね。魔力の波長が、普通の人間と違ったわ」

「ああ。〈吸血鬼〉の眷属だ」

「吸血鬼、大当たりね」

「まあな」

本当は〈吸血鬼〉の最上位種の〈吸血鬼の女王《ヴァインパイア・クイーン》〉だがな、と心の中で付け加える。

「〈魔王〉であるあたしに刃向かおうとしたのは愚かだけど、身を挺《てい》してレオを守ろうとした心意気は評価するわ。いい眷属ね」

「ああ、そうであろう」

お気に入りの眷属を褒められて、悪い気はしない。

レオニスが油断した、その時だった。

突然、ぶらぶらと遊んでいたヴェイラの脚がくるっと持ち上がり、レオニスの首をふとももの間に挟んで、ベッドの上に引き倒した。

「……っ……な、にを……!?」

レオニスは苦しそうにうめくが、彼女の脚はレオニスの首をがっちり絞めている。

外そうとしても、十歳の少年の力ではびくともしない。

頸部《けいぶ》に感じるふとももの感触が、ぎゅっと圧力を増した。

「よくもあたしを殺してくれたわね、レオ」

「……っ、死んで……ないだろ……」

「ほとんど死んでたわ。それに、眷属《けんぞく》にしようとしたわね」

むぎゅっ。

「あたしを知性のない屍竜《ドラゴンゾンビ》にして、なにをするつもりだったのかしら？」

むぎゅっ。むぎゅっ。

「ちが、う……虚無……ヴォイ……ド、が……」

首を極《き》められたまま、レオニスは必死に声をふりしぼった。

「……ヴォイド？　さっきも、そんなことを言ってたわね」

ふともものの圧力が少しだけ緩む。

「お前が――いや、俺達《おれたち》が封印されている間に、この世界は変わったのだ」

「……ええ、そうみたいね」

窓の外に見える〈聖剣学院〉の施設群を見て、ヴェイラは呟《つぶや》く。

「ねえ、レオ……この世界に、一体なにがあったのよ？」

そう尋ねる〈竜王〉の眼《め》には、わずかな不安の色が浮かんでいた。

◆

(……な、なにを話しているのかしら?)
レオニスの部屋のドアの前で、リーセリアは不安そうに聞き耳を立てていた。
だが、よほど小声で話しているのか、中の声はまったく聞こえない。
(旧《ふる》い友人、って言ってたわよね……)
少年の姿をしているレオニスだが、その正体は、強大な力を持つ古代の魔術師だ。
その友人ということは、彼女もまた、古代の人間なのだろうか——?
(わたし、レオ君のこと、全然知らないのね……)
いまさらながらに気付いて、嘆息する。
古代の遺跡に閉じ込められていた、十歳の少年。
彼は、一体、何者なのだろう?
凄絶なまでに美しい、真紅の髪の少女。
彼女は、レオニスのことを、どれくらい知っているんだろう?
旧い友人ということは、きっとリーセリアよりも親しいに違いない。
ドアの前で悶々《もんもん》とした気持ちを持てあまし、白銀の髪を指先でくるくるいじる。
(な、なんだか、あの娘に焼きもちを焼いてるみたい、ね……)
頬《ほお》に手の甲をあてると、わずかに熱っぽい。
リーセリアは首を振り、ふう、と熱を逃がすように、ため息を吐《つ》く。

「……レオ君に、相談したいこともあったのに」

胸もとに手をやり、心臓のあたりでぎゅっと拳を握る。

（あれは、一体なんだったのかしら……）

大型ドラゴンの〈ヴォイド・ロード〉が暴れていた頃——

リーセリアは〈第〇六戦術都市《ゼクス・アサルト・ガーデン》〉の研究所で、廃都で遭遇した、ネファケスと名乗る司祭の男に襲撃された。

駆け付けてくれた咲耶《さくや》と、アルーレという謎のエルフの少女の力を借りて、どうにか撃退したものの、ネファケスはその去り際、リーセリアの心臓に黒い三角錐《さんかくすい》の石片を埋め込んでいったのだ。

あれから八十六時間が経過したが、身体《からだ》になにか変化があるようには感じない。

なにもないのはいいのだが、やはり、気にはなっていた。

そもそも、あのネファケスという男は、一体何者なのか。廃都で遭遇したのは偶然かもしれないが、先日の襲撃では間違いなく、リーセリアを狙っているようだった。

（レオ君も、知らないようだったけど……）

と——

「——お嬢様、セリアお嬢様っ、裏のお庭におっきなクレーターが——」

パタパタと階段を駆け上がる音がして——

銃を手にしたメイド服姿の少女が、ドアを激しく開け放った。

「レギーナ」

「ご無事でしたか、お嬢様――」

振り返ったリーセリアの姿を見て、レギーナはほっと安堵《あんど》の息を吐《つ》く。

彼女はつかつか部屋の中に侵入すると、手にした狙撃銃型の〈聖剣〉――〈竜撃爪銃《ドラグ・ストライカー》〉を構えたまま、窓から身を乗り出した。

庭に生まれた巨大なクレーターを、睨《にら》むように見下ろして、

「〈ヴォイド〉の攻撃、でしょうか?」

「……あ、ううん、違うの」

「違うんです?」

リーセリアが首を横に振ると、レギーナはきょとんとして訊《き》き返す。

「え、ええっと、その……」

リーセリアは、困ったように目を泳がせて、

「あ、そう――あれよ、あの虫が出たの!」

「あの虫?」

「ええ、一匹見かけたら百匹はいるという、あの虫よ」

「あの虫……ひょっとして……あの虫、ですか?」

レギーナはゾッとしたように身を震わせた。

「ええ、かつて〈フレースヴェルグ寮〉を脅かしたあの虫。フィーネ先輩の〈宝珠〉で巣を索敵して、三日間にわたる長い戦いの末、ようやく勝利を収めることができたあの虫が、ふたたび台所に現れたのよ」

「……っ、そ、そんな――！」

「安心して。もうレオ君が消し飛ばしてくれたわ」

リーセリアは、外の巨大なクレーターに視線を向けた。

「……なるほど。あの虫は強靱《きょうじん》な生命力を誇りますからね」

「ええ、〈ヴォイド〉と戦うつもりで立ち向かわないと、あの悪夢が繰り返されるわ」

レギーナは納得したように肩をすくめると、〈竜撃爪銃〉を虚空に消した。

「〈巣《ハイヴ》〉を作られると厄介なのは、〈ヴォイド〉と一緒ですね……そういえば、お嬢様は今朝のインフォメーション、見ました？」

リーセリアは首を横に振った。

今朝はまだ端末を起動してもいない。

「学院の航空偵察機が、大規模な〈巣〉を発見したみたいです」

レギーナは端末を取り出すと、三次元マップを開いて見せてきた。

「……っ、嘘《うそ》……ここって、レオ君の？」

「……はい、わたしとお嬢様の捜索した遺跡の付近、ですね」

〈巣《ハイヴ》〉の存在が確認されたのは、レオニスを発見した地下遺跡の先にある、広大な森だ。

森全体が濃い瘴気《しょうき》に覆われていることから、〈死の大森林〉と呼ばれている。

「……たしかに、レオ君を保護した遺跡には、〈ヴォイド〉がいたわね」

端末の画面を睨《にら》みつつ、真剣な表情で頷《うなず》くリーセリア。

忘れるはずもない。彼女はその〈ヴォイド〉に、一度殺されているのだ。

「〈管理局〉は、明日にでも殲滅《せんめつ》部隊を組織して、現地に向かわせるそうです」

「――でしょうね」

〈戦術都市群《ストライク・グループ》〉の中でも最大数の〈聖剣士〉を戦力として保有し、ゆえに常に最前線で戦うのが〈第〇七戦術都市《セヴンス・アサルト・ガーデン》〉の役割だ。しかし、〈巣〉の殲滅作戦は、〈聖剣士〉にとって最も危険で、死と隣り合わせにある任務である。

実際、〈聖剣士〉の死亡率は、調査任務と比べて格段に高い。

「第十八小隊に、参加要請は？」

「まだ来てません。けど、要請がくる可能性はあるかもですね」

「そうね……」

そう考える理由は、三つある。

まず、リーセリアとレギーナが、〈死の大森林〉の付近にある遺跡調査をしており、多少なりとも土地勘があること。

その際に、オペレーターのエルフィーネの取得したデータが有用であること。そして最後に、第十八小隊は、先日の〈第〇三戦術都市《サード・アサルト・ガーデン》〉の調査任務で無事に任務を果たした実績がある、ということだ。

「わかったわ。とにかく、準備だけはしておきましょう」

「はい、お嬢様」

◆

レオニスは、端末の画像を見せつつ、この世界のことをヴェイラに話して聞かせた。

次元を引き裂いて現れる未知の敵――〈ヴォイド〉。

人類に与えられた、魔術とは源を異にする異能の力――〈聖剣〉。

〈ヴォイド〉の侵攻後に成立した〈人類統合帝国〉。〈六英雄〉の大賢者アラキール・デグラジオスと、聖女ティアレス・リザレクティアの復活。

その背後で暗躍するものの存在。

そして、〈女神〉ロゼリアの転生体が、虚無に穢《けが》されていたことを。

「……〈ヴォイド〉、そんなのがのさばっているのね」

ひと通り、おとなしく話を聞きおえたヴェイラは、神妙な顔で考え込んだ。

一気に話したので、頭が混乱しないか心配だったが、こう見えて聡明《そうめい》な彼女は、すぐに現状を把握したようだった。

「あたしを虚無で穢《けが》したのは、〈聖女〉を復活させた連中かしら?」

「――そうだろうな」

怒気を含んだ声で呟《つぶや》くヴェイラに、レオニスは頷《うなず》く。

廃都で遭遇した、白髪の司祭――ネファケス・レイザード。

あの男は、ヴェイラの覚醒と同じタイミングでこの都市に現れた。

そして、魔族の暗殺者を放ち、この都市を偵察させていたようだった。

……偶然、ではありえまい。あの司祭は、少なくとも〈聖女〉ティアレスと、ヴェイラの復活に関わっているはずだ。

「ネファケス・レイザード――たしか、〈魔王軍〉の参謀だった男ね」

「ああ。〈アズラ＝イル〉の腹心だ」

異界の〈魔王〉――アズラ＝イル。

女神に仕えた最も旧《ふる》い〈魔王〉であり、その来歴は謎に満ちている。女神が異世界より召喚したということだったが、本当のところはわからない。

「〈アズラ＝イル〉――あいつも復活したの?」

「わからん」

レオニスは首を横に振る。

しかし、奴《やつ》の腹心であるネファケスが暗躍しているのは事実だ。

異界の〈魔王〉の命令で動いているのか、あるいは、主《あるじ》を復活させるため、ということも考えられるが——

（アズラ＝イルが復活しているとすると、その目的はなんだ？）

レオニスと同じく、〈女神〉の転生体の発見と、〈魔王軍〉の再興なのか。

それとも、なにか別の目的があるのか——？

（……奴のロゼリアへの忠誠心は、本物だったように思える）

目的が同じであれば、手を組むこともできるだろう。

しかし——

と、レオニスは〈封罪の魔杖《まじょう》〉を握りしめる。

杖《つえ》の中に封印された〈魔剣〉は、虚無に穢された〈女神〉を殺すためのものだ。

それが、レオニスに与えられた〈魔剣〉の使命。

連中の目的は不明だが、〈女神〉の転生体を、虚無で穢したことは間違いあるまい。

それだけで、敵対するには十分な理由だが——

ネファケスは、〈魔王〉の眷属《けんぞく》である、リーセリアとシャーリに手を出したのだ。

（……目的がなんであれ、その罪は万死に値しよう）

レオニスの瞳にほの昏《くら》い光が灯《とも》る。

「〈魔王軍〉の参謀如《ごと》きが、あたしを利用しようだなんて、愚かにも程があるわね」

「あるいは、お前以外の〈魔王〉も、復活させようと画策しているのかもしれんな」

「みんな一〇〇〇年前に滅んだでしょう？」

「ああ、しかし、ほかの〈魔王〉も、殺しても死なんような奴《やつ》ばかりだからな。というか、俺はてっきり、お前も〈剣聖〉との戦いで滅んだと思っていたぞ」

「たしかに死にかけたけど、なんとか逃げ切ったわ。永久凍土の下でずっと冬眠してたんだけど、どこかの馬鹿が掘り起こしたようね――」

ヴェイラはベッドから立ち上がった。

腰まで伸びた真紅の髪が、さらりと零《こぼ》れ落ちる。

「おかげで、中途半端な状態で覚醒してしまったわ。その、〈虚無〉とかいうのに侵食されたせいで、力の大半を失ってしまったし、回復にはしばらくかかりそう」

「あんなに大暴れしたのは、寝起きが悪かったせいもあるんじゃないか」

ヴェイラはレオニスを睨《にら》むと、ぐっと伸びをして、窓の方へ近付いた。

レオニスの部屋の窓からは、嵐が去ったあとの青空と、高層ビルの立ち並ぶ〈セントラル・ガーデン〉の景色が眺望できる。

と──

「ちょっと、人類の都市を見てくるわ。なかなか面白そうじゃない」

「……なっ……ま、待て！」

レオニスはあわてて叫んだ。

「なによ？」

「ここは俺の〈王国〉だ。勝手な真似《まね》をするな」

〈竜王〉──ヴェイラ・ドラゴン・ロード。嵐の招来者《ストーム・テンペスト》。あるいは、生ける大災厄《グレート・ディザスター》。

そんな存在《もの》を都市に解き放てば、どんなことになることか──

（……っ、俺が、どれだけ力を隠すことに腐心してきたと思っている！）

実際のところ、レオニスもそんなに力を隠せてはいなかったりするのだが、それは当人のあずかり知らぬことである。

「レオの〈王国〉？　そう……それじゃ、あまり勝手なことはできないわね」

ヴェイラは振り向くと、レオニスを見て不穏な笑みを浮かべた。

「じゃあ、レオが案内してよ」

「なに？　なぜ俺が──」

「嫌なら、別にいいわ。あたし一人で──」

「……っ、ま、待て、わかった。俺が案内してやる」

レオニスが苦々しく頷《うなず》くと、ヴェイラは愉快そうに笑った。

「一〇〇〇年ぶりの世界も、退屈しないですみそうね」

◆

〈第〇六戦術都市《ゼクス・アサルト・ガーデン》〉――対虚獣研究所。

氷塊より目覚めた、ドラゴン型の〈ヴォイド・ロード〉の暴走により、施設の半分が瓦《が》礫《れき》の山に埋没し、いまは急ピッチでの復旧作業に追われている。

その瓦礫の上で、白衣を着た、艶《つや》やかな黒髪の女が口を開く。

「そうつれなくしないで、フィーネちゃん」

「……姉さん、一体、何を考えているの？」

と、鋭く返したのは、同じ黒髪を腰まで伸ばした、制服姿の少女だった。

「人類の救済、って言ったら、信じてくれる？」

困ったような苦笑を浮かべて――

エルフィーネの姉、クロヴィア・フィレットは、そう嘯《うそぶ》く。

無論、そんな戯《ざ》れ言《ごと》を信じられるはずもない。エルフィーネは嘆息して、

「……あの〈ヴォイド・ロード〉は、どうなったの？」

「海底を調査したけれど、なにも発見することはできなかったわ」

クロヴィアは肩をすくめ、首を横に振った。

永久凍土から発掘された、巨大な氷塊。

その中で休眠していた〈ヴォイド・ロード〉は突然、覚醒し、研究所を破壊して〈第〇六戦術都市〉と〈第〇七戦術都市《セヴンス・アサルト・ガーデン》〉を蹂躙《じゅうりん》した。

その後、付近の海域に移動した〈ヴォイド・ロード〉は、観測機からも姿を消し、そのままロストしたのである。

「姉さんは、あれを〈魔王〉、と呼んだわね――」

エルフィーネは姉を鋭く睨《にら》み据えた。

――〈魔王〉。おとぎ話に出てくる、世界に破滅をもたらすもの。

あれは、通常の〈ヴォイド・ロード〉とは異なる存在なのか？

「ええ、はるか古代に、この世界を支配していた存在。クリスタリア公爵は、〈魔王〉こそが〈ヴォイド〉の侵攻に対する切り札になると考えていたわ」

「クリスタリア公爵？」

エルフィーネは訝《いぶか》しげに眉を寄せた。

（……リーセリアの父親が、なぜ？）

「これ以上は、話せないわ。フィーネちゃんが私と一緒に〈帝都〉に来てくれないと」

「なにを手伝わせようというの？」

「言ったでしょう——人類の救済よ」

「……」

この姉を信用してはならない。

クロヴィア・フィレットは、魔女だ。

「悲しいわね、お姉ちゃんを信用してくれないの？」

「……っ、どの口で——」

「わかったわ。それじゃあ、かわいい妹の信頼を勝ち得るために、フィーネちゃんの欲しがってるものを、ひとつだけあげる」

クロヴィアは苦笑して、白衣の内ポケットから、小型の記憶デバイスを取り出した。

無造作に放り投げてきたそれを、エルフィーネはあわてて受け取る。

「これは？」

「フィレット社の裏庭《バックヤード》のデータよ。フィーネちゃん、何度も侵入してるでしょ」

「……っ！」

——事実だった。〈聖剣学院〉の端末を使い、〈天眼の宝珠《アイ・オヴ・ザ・ウィッチ》〉に接続して、〈アストラル・ガーデン〉経由で幾度も侵入を試みている。

「ああ、安心して。まだ私しか気付いてないから」

クロヴィアはぱたぱたと手を振った。

「このデータは、なに？」

「──【D.project】」

と、彼女は歌うように、その言葉を紡ぐ。

エルフィーネはハッとする。

以前、フィレット社のネットワークに侵入した際に、目にした名称だ。

しかし、そのデータは強固にプロテクトされていて、手に入れることはできなかった。

「正式名称は──〈魔剣計画《demon's sword project》〉。〈聖剣〉と対になる存在、ね」

「魔剣……」

その言葉で思い出すのは、数週間前のあの出来事。

王族専用艦〈ハイペリオン〉を、亜人のテロ組織が襲った事件だ。

あの時、学院の生徒たちを人質にとったテロリスト達《たち》は、〈聖剣〉によく似た異能の力を〈魔剣〉と呼んでいた。

「【D.project】は、〈聖剣〉を進化させる研究よ。けれど、その実験に関係した多くの〈聖剣士〉は、精神に異常をきたして暴走、命を落とした者も多くいるわ」

「〈聖剣〉を進化させる？」

エルフィーネは絶句した。

「〈聖剣〉は、人類に与えられた星の力よ。そんな研究——」

「ええ、もちろん、秘密の研究よ。実際、あまり成果は出なかったみたいで、フィレットは早々に手を引いたわ。けどね——」

と、クロヴィアはエルフィーネの耳に唇を寄せて、

「最近になって、何者かがその研究を引き継いで、別の場所で実験を始めたようなの」

「……別の……場所？」

「そう、実験にはおあつらえむきの場所よ。〈聖剣〉の力に目覚めたばかりの、少年少女たちの集まる場所——」

「……っ、まさか……！」

◆

「……るさん……許さないぞ……あの女——！」

〈セントラル・ガーデン〉の公園のベンチで、青年はぶつぶつと独り言を呟《つぶや》く。

端整な顔立ちをした、金髪の青年だ。

しかし、その表情は醜く歪《ゆが》み、〈聖剣学院〉の制服も皺《しわ》だらけでみすぼらしい。

ミュゼル・ローデス。名門ローデス伯爵家の長男であり——

強力な支配の〈聖剣〉の所有者――だった。

才能はあるものの、伯爵家の権力を盾に、危険度の高い〈ヴォイド〉の討伐任務に赴《おもむ》くこともなく、下級貴族の女子生徒をはべらせていた。

だが、その生活は少し前に終わりを告げた。

彼に宿っていた〈聖剣〉の力が、失われてしまったのだ。

「……くそっ、くそっ……全部、全部あの女と……あのガキのせいだっ！」

ミュゼルはひと目もはばからずに叫び散らした。

学院の決闘で、あの無才と見下していた、リーセリア・クリスタリアに敗北し、大勢の観客の前で〈聖剣〉を砕かれた。

あの日以来、彼の〈聖剣〉は、二度と発現しなくなってしまったのだ。

〈聖剣〉を発現できない者は、〈聖剣士〉ではない。

取り巻きの少女たちは彼の支配を離れ、全員去って行った。

「……僕をコケにしやがって……リーセリア……それに、あのガキいいいいっ！」

絶対に許さない。あの生意気なガキの前で服をひん剥《む》いて辱めてやる。悲鳴を上げても泣き叫んでも許さない、言葉にできないような恥辱と屈辱を与えて嬲《なぶ》り尽くし、僕の支配の〈聖剣〉で死ぬまで奴隷に――

身を焦がすような怒りが、ミュゼルの心を満たした、その時だ。

——汝《なんじ》、その願望を叶《かな》えるための力を、望む者か？

彼の脳裏に、声が聞こえた。

慈愛に満ちた、〈女神〉の声が——

第二章　女神の声

Demon's Sword Master of Excalibur School

〈第〇七戦術都市《セヴンス・アサルト・ガーデン》〉の中枢――〈セントラル・ガーデン〉。

巨大海上都市《メガ・フロート》の心臓部にして、〈聖剣学院〉を擁するこの区画は、日々、過酷な訓練に明け暮れる学院生たちが、余暇を楽しむための施設が数多く存在する。

映画館や劇場を内包した大型の複合商業施設に、スタジアムなど各種のスポーツ施設、ゲームセンター、ブティック、服飾店、飲食店などは、それこそ星の数ほどある。

〈聖剣学院〉の敷地内にも、そのような施設はあるのだが、ほとんどの学生は、この〈セントラル・ガーデン〉で遊ぶことを好むようだ。

空は青く晴れ渡り、先日の凄《すさ》まじい嵐が嘘《うそ》のような快晴だった。

大勢の学院生で賑《にぎ》わう通りを、その嵐を連れてきた元凶が、悠然と闊歩《かっぽ》する。

美しい真紅の髪を靡《なび》かせて歩くその姿は、道行く人々の注目をおおいに集めていた。

「ふうん、これが人類の城塞都市。ずいぶんと様変わりしたものね」

片方の手にチョコミントのアイスを持ちながら、両脇に建つ高層ビルを見回す少女。

丈の短いデニム生地のショートパンツに、白のキャミソール姿。

適当に入った服飾店で、レオニスが購入した服である。

もいくまい。

〈聖剣学院〉に入学したばかりで、まだ自由に使えるクレジットの少ないレオニスにとっては、なかなか手痛い出費だったが、まさか、あの半裸に近い格好で街を歩かせるわけにもいくまい。

「その角は、隠せないのか?」

と、ヴェイラの横を歩くレオニスは、小声でつっこんだ。

「嫌よ、角は竜の誇りだもの。本当はもっと伸ばしたいくらいだわ」

と、機嫌よさそうにアイスを舐《な》めるドラゴンの王。

まあ、ここには人間種族以外も多く住んでいることだ。

……最悪、ファッションで誤魔化《ごまか》せるだろう。

と、ヴェイラは通りの先に目を向け、怪訝《けげん》そうに首をかしげた。

「あれは、なにをしているのかしら?」

ビルの前に大がかりな規制線が敷かれ、大型車両が瓦礫《がれき》の山を片付けている。

「お前の起こした大嵐で、建物の一部が崩れたんだ」

「そう、案外、脆《もろ》いのね」

「〈竜王〉の起こす風に耐えられる建造物など、そうはあるまい」

「それもそうね」

悪びれもしないヴェイラを、レオニスはジトッと睨《にら》んだ。

もっとも、〈第〇七戦術都市《セヴンス・アサルト・ガーデン》〉は、警報を受けて早期に第一種戦闘形態に移行し、高層ビルが地下に収納されたため、建造物への被害は少ないほうだ。むしろ、接岸中の〈第〇六戦術都市《ゼクス・アサルト・ガーデン》〉のほうが大きな被害を受けている。

「なかなか壮観ね。火も吹けない、空も飛べない脆弱《ぜいじゃく》な種族が、こんなものを造るなんて、褒めてあげるわ」

「人類の魔導技術文明の発展には俺も驚いた。一〇〇〇年前とは雲泥の差だ」

「魔導技術が発達したかわりに、魔術は途絶えているんでしょう？」

「ああ、そうだな」

と、レオニスは頷《うなず》いて、

「しかし、それも当然だ。これだけ魔導技術文明が発達していれば、習得に長い時間と才能を要する古代の魔術は、用済みにもなるだろう」

〈遠方会話〉のような初歩の魔術でさえ、使いこなすには類《たぐ》い希《まれ》な才能が必要となる。

だが、今ではイヤリング型の小さな端末だけで、同じことができるのだ。

レオニスの調べたところ、人類の魔導技術が急速に進歩しはじめたのは、一八〇年ほど前のことだ。〈人類統合帝国〉の前身となる帝国で、産業革命が起こり、〈ヴォイド〉の侵攻がはじまった六四年前には、すでに〈戦術都市〉が建造され始めていた。

（……まるで、〈ヴォイド〉の発生を予期していたかのように、な）

この急速な技術発展の背景に、何があったのか――

レオニスはいまだ確たる答えを得ていない。

「しかも、この都市って、海を移動するのよね」

「そうだ。移動に使う〈魔力炉〉は、アラキールと俺に破壊されて修復中だがな」

「なによ、レオだって壊してるじゃないの」

ヴェイラが唇をとがらせる。

「ひょっとして、空も飛べたりするの？」

「それは無理だな」

リーセリアに聞いた話では、〈帝都〉で建造中の〈第〇九戦術都市《ナインス・アサルト・ガーデン》》〉は、規模は小さいものの、限定的な飛行能力を有しているらしいが。

「じゃあ、あたしの〈天空城《アズール・フォート》〉のほうが上ね」

ヴェイラはふふん、と自慢げに胸をそらした。

「あれは龍神《りゅうじん》どもに破壊されただろう。俺としては、〈アズラ＝イル〉の〈次元城〉のほうが、神出鬼没で恐るべき存在だったな」

「あれは反則よ。そういえば、レオの拠点は、このあたりにあったわよね？」

「〈死都《ネクロゾア》〉は破壊し尽くされた。地下の遺跡は無傷だろうが――」

と、その時。

オープンタイプのヴィークルが、二人の横に停車した。

「……？」

「やあ、美人なお姉さん、俺達《おれたち》とドライブしませんか？」

ヴィークルに乗っているのは、〈聖剣学院〉の制服を着た三人の上級生だ。

完璧なプロポーションを誇るヴェイラの肢体を、無遠慮に眺め回している。

「レオ、これはなに？」

「ナンパだな」

と、レオニスは答える。

もしリーセリアをナンパしたのであれば、即座に〈死のオーラ〉を放ち、死より恐ろしい恐怖に陥れているところだが、ヴェイラであれば、まあ、どうでもいい。

「そんなガキと散歩してるより、楽しいですよ」

「おいおい、弟君だろ。いいぜ、君も一緒に乗りなよ」

三人の上級生がそんな軽口を叩《たた》く。

「ふーん、いい度胸。人類如《ごと》きが、あたしに発情しているの？」

ヴェイラの黄金色の瞳が、獰猛《どうもう》に輝く。

「おい、ヴェイラ――」

剣呑《けんのん》な気配に、レオニスはあわてた。

〈虚無〉に蝕《むしば》まれた肉体を切り離し、今は力のほとんどを失っている彼女だが、そんな状態でも、このあたり一帯を吹き飛ばせるほどの力はあるはずだ。

実際、そのわずかな怒気だけで——

——ボンッ！

激しい炸裂音《さくれつおん》がして、ヴィークルのボンネットが爆発した。

「ひ、ひいいいいいいいいいっ！」

突然の爆発に驚き、あわてて逃げ出す男達。

「……騒ぎを起こすなと釘《くぎ》を刺したはずだが」

「あら、レオの顔をたてて、消し炭にするのは勘弁してあげたのよ」

ヴェイラはショートパンツの腰に手をあて、肩をすくめてみせた。

「……～っ、シティ・ガードが来る前に、さっさと逃げるぞ」

「こんどは鬼ごっこ？　それも楽しそうね」

レオニスはヴェイラの腕を掴《つか》み、走りだした。

◆

「……ああっ、レオ君を見失うわ！」

「大丈夫ですよ。端末を追跡していますので」

ビルの物陰で、その爆発騒動を見ていた、二人の影があった。

リーセリアとレギーナの主従コンビである。

……三十分ほど前のこと。

レオニスが部屋から出てくるのが遅いため、保護者の権限で、マスターキーを使って侵入してみたところ、なんと部屋の窓が開いており、中はもぬけの空だったのだ。

『レギーナ、大変よ！　レオ君が誘拐されたわ』

『落ち着いてください、お嬢様。端末の保護者機能で追跡してみましょう』

レギーナの機転で、すぐにヴィークルに乗り、レオニスの足取りを追ったのだが——

……あの様子を見ると、どうやら誘拐ではないようだ。

「な、なんだか、デート……みたいね」

と、リーセリアは拗《す》ねたように呟《つぶや》く。

「どっちかというと、お姉さんと弟みたいですよ」

「お姉さんはわたしだもん！」

「なに対抗してるんですか。それにしても、あの娘、何者なんです？」

「わからないわ。レオ君の旧《ふる》い友人だって——」

「うーん……十歳で、旧い友人というのも妙な話ですね」

レギーナはわずかに首を傾《かし》げるが、

「ま、誘拐じゃないなら、ほっといてもいいんじゃないですか」

「だ、だめよ！　保護者として、ちゃんとしたお友達かどうか、見極める必要があるわ」

「はいはい、わかりました……っと、大型商業施設に入るようですね」

レギーナは端末の画面に目を落とした。

「追いかけるわよ、レギーナ――」

「あっ、お嬢様、待ってください！」

◆

〈第〇七戦術都市《セヴンス・アサルト・ガーデン》〉第2区画――〈オールド・タウン〉。

高層ビル群に囲まれた〈セントラル・ガーデン〉とは対照的に、木造の簡素な家屋が、狭い区画の中に所狭しとひしめき合う場所だ。

行き交う人々の多くは、ロングスカートのような、少し風変わりな服を着ている。

大陸の果てで、三百年の栄華を誇った島国――〈桜蘭《おうらん》〉の伝統服だ。

〈第〇七戦術都市〉には、ヴォイドの侵攻によって滅びた都市を、小規模に移設したような区画が存在する。〈オールド・タウン〉は、その一つだった。

異国情緒に満ちた通りを、一人の少女と一匹の犬が闊歩《かっぽ》していた。

「すまないな、モフモフ丸。散歩のときは、リードを付けるのが規則なんだ」

「うぉん！」

リードを握り、申し訳なさそうに謝る青髪の少女に、真っ黒な犬が吠《ほ》える。

咲耶《さくや》・ジークリンデ。

第十八小隊のエースアタッカーにして、単独での大型ヴォイド討伐記録を持つ、〈桜《おう》蘭《らん》〉出身の少女だ。

彼女は、最近、〈フレースヴェルグ寮〉の近くに住み着きはじめた野犬、黒鉄《くろがね》モフモフ丸を供に、第二の故郷である、この区画を訪れたのだった。

「〈フレースヴェルグ寮〉では君を飼うことはできないけれど、ここのお屋敷なら、飼ってくれるかもしれないよ」

と、咲耶は立派な門のある屋敷の前で、静かに足を止めた。

軽く扉を押すと、門は意外なほど簡単に開いた。

外観こそ古めかしい鉄の扉だが、魔力による生体認証システムを採用しているのだ。

咲耶が中に足を踏み入れると、緑溢《あふ》れる〈桜蘭〉の庭園が広がっていた。

海水の濾過《ろか》機能などを備えた環境調整樹木《ユーティリティ・プランツ》ではなく、〈桜蘭〉の山林に自生していた天《てん》然樹《ねんじゅ》を移植したもので、人工樹に比べると、独特の趣がある。

「少し、待っていてくれ。雷翁《らいおう》様と話をしてくる」

咲耶が紐《ひも》を適当な樹にくくりつけると、犬はおとなしく地面に寝そべった。

「いい子だね――」

犬の頭を軽く撫《な》で、奥の屋敷へ向かおうとした、その時。

「咲耶姫っ、お覚悟――！」

「おかくごーっ！」

突然、ゴボッと地面が盛り上がり、二つの影が飛び出してきた。

黒装束に身を包んだ小柄な影。

それぞれが刀を手に、咲耶めがけて斬りかかってくる。

「〈聖剣〉アクティベート――〈雷切丸《らいきりまる》〉！」

咲耶は即座に〈聖剣〉を起動。自身の内なる力を具現化した。

瞬間。その手に、紫電を纏《まと》う刀が顕現する。

人類が〈ヴォイド〉の脅威に対抗するために与えられた、星の力――〈聖剣〉。

「――迅雷！」

咲耶は軽く地面を蹴ると、その姿は煙《けぶ》るようにかき消えた。

襲撃者二人の振り下ろした刃《やいば》が、空《むな》しく虚空を斬る。

紫電が弾《はじ》け、微《かす》かなイオン臭が漂う。

咲耶《さくや》は、二人の背後に一瞬で跳躍していた。

「──加速の第一段階《ファースト・アクセラレート》。音よりは少し遅い、かな」

──一閃《いっせん》。〈雷切丸《らいきりまる》〉の刃《やいば》が奔《はし》り、二人の持つ刀を斬り飛ばす。

「……っ！」「う、嘘《うそ》おおおおっ⁉」

狼狽《ろうばい》の声を上げる、襲撃者たち。

と──

「影華《えいか》、黒雪《くろゆき》──そこまでじゃ！」

老人の一喝する声が響きわたり、二人はぴたりと動きを止めた。

声を放ったのは、屋敷の前に現れた、白髪の老人だった。

「腕を上げられましたな、咲耶様──」

「ご無沙汰しております、雷翁《らいおう》殿」

咲耶は〈聖剣〉を消失させると、その老人にぺこりと頭を下げた。

◆

「──ますます、刹羅《せつら》様に似てきましたな」

大きな池のある庭園に面した、屋敷の縁側で──

雷翁と呼ばれた白髪の老人は、茶を啜《すす》る咲耶をまじまじと見つめて目を細めた。

「そうかな。髪は、少し伸びてきたかもしれないけど――」

ことん、と咲耶は湯飲みを縁側の床に置く。

「姉様は、すごく綺麗《きれい》だったよ」

「咲耶様もとてもお綺麗ですっ！」

「そうです、そうですっ！」

と、先ほど咲耶を襲撃した二人の少女が口々《くちぐち》に言う。

影華と黒雪。

二人は、〈桜蘭《おうらん》〉の旧王家に仕えた武装集団〈叢雲《むらくも》〉の一族だ。〈ヴォイド〉との戦いで、両親をなくした二人を、雷翁が引き取って育ててきた。

その雷翁は、やはり旧王家の家臣であり、幼少の頃、咲耶に剣を教えた師だ。

咲耶が〈聖剣〉の力に目覚め、彼女のほうが遙《はる》かに強くなってからも、その教えを乞うため、こうしてたまに屋敷のほうへ顔を出しているのだった。

「ところで咲耶様、その犬は？」

雷翁は、縁側に寝そべるブラッカスを見て、咲耶に訊《たず》ねた。

「ああ、黒鉄《くろがね》モフモフ丸だ」

「うぉん、うぉん！」

「ふふ、すっかりこの名前を気に入ったようだね」

ぶんぶん首を横に振るブラッカスの頭を、咲耶《さくや》は優しく撫《な》でる。

「か、噛《か》みませんか？」

「吠《ほ》えない？」

影華《えいか》と黒雪《くろゆき》も、興味津々《しんしん》に訊《き》いてくるが、

「大丈夫。案外、おとなしいものだよ。ほら、お食べ――」

咲耶は小さな握り飯を、ブラッカスの鼻先に差し出した。

ブラッカスはすんすん匂いをかぐと、大きな顎で握り飯にかぶり付く。

「ふむ、犬というよりは、まるで立派な狼《おおかみ》のようですな」

雷翁《らいおう》は感心したように呟《つぶや》くと、ふたたび咲耶に視線を向けた。

「して、咲耶様の御用向きは、この犬のことですかな？」

「ああ、そうなんだ」

こくり、と頷《うなず》く咲耶。

「モフモフ丸をこの屋敷で飼えないかな。学院の寮では、飼うことは難しくて」

「それは構いませんが、しかし――」

と、雷翁は目をすがめ、ブラッカスの金色の眼《め》をじっと見据えた。

「雷翁殿？」

それから、しばらくして——

雷翁《らいおう》は顔を上げると、ゆっくりと首を横に振った。

「咲耶《さくや》様、お言葉ですが、この誇り高き獣は、誰にも飼うことは出来ませぬ」

「……え？」

咲耶はブラッカスを見つめて、眼《め》を見開く。

「おそらく、この獣は生まれながらの王。その風格を備えておりますゆえ」

「……そうか。モフモフ丸、ただの野犬じゃないとは思っていたけど」

「うぉん」

咲耶の呟《つぶや》きに、重々しく頷《うなず》くブラッカス。

咲耶も幼い頃から、雷翁の目は信頼している。

この老人が飼えないというのであれば、本当にそうなのだろう。

「しかたない。学院の狩猟同好会からは、僕が守るよ」

咲耶はブラッカスの背中に、ぽんと手をのせる。

と、雷翁は鋭い眼差《まなざ》しを咲耶に向けて、

「咲耶様。屋敷への御用向き、それだけではありますまい？」

「……うん、やっぱり、雷翁殿はお見通しだな」

真剣な表情で頷く咲耶。

雷翁は、影華《えいか》と黒雪《くろゆき》に目配せして、その場を下がらせる。
「近頃、僕と似た力を使う者が、現れはじめてるようなんだ」
と、咲耶は口を開いた。
「……咲耶様の力と同じ？」
「ああ、僕と同じ――〈魔剣〉の力だ」
――〈魔剣〉。
星の力である〈聖剣〉とは異なる、魔性の力。
その力を、咲耶は六歳の時に授かった。
……忘れもしない。
〈桜蘭《おうらん》〉が〈ヴォイド〉の侵攻によって滅ぼされた、あの日。
両親と姉を失い、憎悪の炎に身を焦がした少女の前に――
〈女神〉の使徒と名乗る、不気味な影が現れたのだ。
影は咲耶に手を伸ばし、言った。
――力を求めるなら、〈虚無〉を受け入れなさい、と。
不思議と、恐怖の感情はなかった。
是も否も、あるわけがない。
幼い少女は、すでにすべてを失っていたのだから。

その日、〈魔剣〉の力を授かった咲耶《さくや》は、復讐《ふくしゅう》の剣鬼となった。
〈魔剣〉を使えば、その身は徐々に虚無に蝕《むしば》まれる。
それを知りながら、咲耶はその力に身を委ね、〈ヴォイド〉を斬り続けた。
（……それでも、僕には力が必要なんだ。あの男を殺すために）
シャダルク・ヴォイド・ロード。
両親と姉を奪い、故郷を滅ぼした、人型の〈ヴォイド〉。
咲耶の瞳に一瞬、怜悧《れいり》な光が宿ったのを、雷翁《らいおう》は痛ましい表情で見つめ、
「わかりました。〈叢雲《むらくも》〉の総力を挙げて、その噂《うわさ》を調査いたしましょう」
「――ありがとう、助かるよ」
咲耶は老人に頭を下げた。
そんな二人のやりとりを、縁側の黒狼《こくろう》は、耳をそばだてて聞いていた。

◆

姉と別れ、〈第〇七戦術都市《セヴンス・アサルト・ガーデン》〉に戻ったエルフィーネは、ある人物を呼び出した。
〈セントラル・ガーデン〉にある、大型商業ビルの喫茶店で待ち合わせ中だ。
この時間帯、テーブルの客はまばらで、話を聞かれる心配はないだろう。

姉の渡してきた、記憶デバイス。

その内容は、フィレット社が軍と共同で行っていた、ある実験に関するものだった。

（〈聖剣〉の力を、強制的に進化させる、人類を第二段階へ移行させる為《ため》の――）

データによれば、フィレット社は、被検体の〈聖剣士〉に、投薬、精神操作を含めたあらゆる実験を試し、その心身を破壊した。

だが、思ったような成果は得られず、計画は頓挫したようだ。

（……こんなの、無茶《むちゃ》に決まってるじゃない）

〈聖剣〉の力は、その使い手の魂、精神と深くリンクしている。

使い手が成長すれば〈聖剣〉も成長するし、また、その逆もある。

例えば、ある事故や事件による精神的ショックが切っ掛けで、〈聖剣〉の力を喪失することもあるのだ。

（……わたしみたいに、ね）

自嘲するように呟《つぶや》いて、水の入ったグラスを指先で弾《はじ》く。と――

「――待たせたな」

背後から、声をかけられた。

振り向くと、そこにいたのは、赤い髪を短く刈り込んだ大柄な青年だった。

ライオット・グィネス。先日、〈第〇六戦術都市《ゼクス・アサルト・ガーデン》〉での任務を解かれ、学院に帰還した、執行部所属の〈聖剣士〉だ。

例の永久凍土での発掘作業に同行し、調査隊の護衛を務めていたらしい。

半年前までは、エルフィーネの所属する第七小隊の隊長——だった。

会うのは、〈聖灯祭〉の〈ホーンテッド・カフェ〉で、少し話したとき以来だ。

「急に呼び出して、悪かったわね」

「構わん。俺は今でも、第七小隊の部隊長のつもりだ」

「ありがとう」

ライオットは向かいの席に腰を下ろした。

「それで、俺に聞きたいことがある、とは？」

「ええ……」

エルフィーネは小さく息を吸い、切り出した。

「最近、学院内で発生している、〈聖剣〉の暴走事故のこと、知っているかしら？」

ライオットの表情が一瞬、こわばった。

「……どこでそれを？」

「わたしを誰だと思っているの？」

「第七小隊の——〈天眼〉の魔女、だったな」

ライオットは観念したように、肩をすくめてみせた。

何者かが、【D.project】の実験を引き継いでいる。それも、おそらくは〈聖剣学院〉を擁する、この〈第〇七戦術都市《セヴンス・アサルト・ガーデン》〉で――

そんな姉の言葉が真実かどうかを確かめるため、エルフィーネは〈アストラル・ガーデン〉を介して〈管理局〉にアクセスし、データを解析した。

その結果、ここ数週間の間に、何人もの学院生が、〈聖剣〉による原因不明の暴走事件を起こしていることが判明したのである。

〈執行部〉に所属するライオットであれば、なにか情報を知っているだろうと思ったのだが、どうやら、読みはあたったようだ。

「たしかに、このところ、学院生が〈聖剣〉を暴走させる事件が多く発生しているようだ。執行部にも注意喚起があった」

「管理局は、このことを公表しないの？」

「ああ。市民に不安を与えるわけにはいかないからな」

「そう――」

……管理局の判断は理解できる。

〈聖剣〉使いは、〈ヴォイド〉から人類を守る英雄でなければならない。もしその信頼が揺らぐことがあれば、大きな社会不安が生まれることだろう。

「管理局は、〈聖剣〉の暴走の原因を突き止めているの？」

「現在調査中、とのことだ。俺もくわしくはわからん。先日まで、〈第〇六戦術都市《ゼクス・アサルト・ガーデン》〉にいた身だからな」

ライオットは首を横に振った。

「様々な推測があるが、あり得そうなのは、〈大狂騒《スタンピード》〉を目《ま》のあたりにした精神的ショック、あるいは〈ヴォイド〉による、何らかの精神攻撃の余波の可能性もある」

およそ二ケ月《にかげつ》ほど前に、〈第〇七戦術都市《セヴンス・アサルト・ガーデン》〉を襲った、〈大狂騒〉。

あれが、初めての〈ヴォイド〉との実戦だった者も多いはずだ。それを考えれば、精神に不調を来す者が続出しても、おかしくはないのかもしれない。

「そういえば――」

ふと、思い出したように、ライオットは言った。

「〈聖剣〉を暴走させた者たちは、声を聞いた、と口を揃《そろ》えていたな」

「……声？」

「ああ、頭の中に〈女神〉の声が聞こえたそうだ」

「〈女神〉の、声――」

「おそらくは、幻聴の症状だろうがな。俺が知るのは、まあ、そんなところだ。君はわかっていると思うが、いまの話は〈執行部〉の機密事項だ」

「ええ、わかっているわ。ありがとう」

エルフィーネは丁寧に頭を下げた。

（……〈聖剣学院〉の管理局は、【D.project】とは無関係のようだけど――）

気になるのは、ライオットの口にした〈女神〉、という言葉だ。

（フィレット社が関わっているのか、もう少し調べた方がよさそうね）

第三章　凶星

「建物の中は涼しいわね」

「……～っ、二度と目立つ真似《まね》はするなよ」

「わかったわよ」

レオニスが釘《くぎ》を刺すと、ヴェイラは愉快そうに肩をすくめた。

〈魔王〉二人が足を踏み入れたのは、〈第〇七戦術都市《セヴンス・アサルト・ガーデン》〉最大の大型総合施設だ。

地下は超大型の食料品店となっており、有事の際は〈セントラル・ガーデン〉の補給を一手に引き受けるサプライセンターとしての役割を担っている。

地上部分には様々な商店が入っているが、この施設の特徴はなんといっても、上層階がまるごと娯楽施設のフロアになっていることだ。

映画館はもちろん、ゲームセンター、用途の異なる小劇場、コンサートホール、水族館、スパ、カジノ、屋上には遊園地と大型のプールも完備されている。

「へええ、すごいわ、陰気な〈死都《ネクロソア》〉とは大違いね」

「大きなお世話だ」

声を弾ませるヴェイラに、レオニスは憮然として言った。

「この階より上のフロア全体が、すべて娯楽のための施設になっているのだ。たとえ丸一日あっても、堪能《たんのう》しきれまい」

「なんでレオが自慢げなのよ」

「ここも俺の〈王国〉の一部だからな。どこか見たい場所はあるか？」

「レオは、ここにはよく来るの？」

「……いや、俺は一人では、このフロアに入れんのでな」

レオニスは、ちょっと気まずそうに目をそらした。

十歳のレオニスは、保護者同伴でなければ、こういった場所には立ち入れないのだ。

「レオの〈王国〉じゃなかったの？」

「……うるさい。行くぞ」

と、少し顔を赤くして、レオニスは歩き出した。

◆

二人は広大なフロアの中を、ひと通り歩いて見て回ることにした。

ドラゴンの王は、人類の生み出した娯楽に興味津々《しんしん》のようだ。

「レオ、あれはなに？」

「力試しをする測定器だな。学院の訓練所で、似たものを見たことがある」

その形は、レオニスが入学早々に破壊した〈ヴォイド・シミュレータ〉なるガラクタによく似ている。あれを娯楽用に転用したものだろう。

「面白そうね。あたしもやってみたいわ」

「……っ、絶対壊すからやめろ！」

腕を回し始めたヴェイラを、レオニスはあわてて引きとめた。

ゲームセンター、カジノを通り過ぎて、屋内の動植物園に来た。

ヴェイラは、爬虫類《はちゅうるい》展にいるトカゲを気に入ったようだった。

「見て、トカゲよトカゲ、可愛《かわい》いわね」

「……そうか？」

トカゲに喩《たと》えると激怒する癖に、トカゲを愛《め》でるのは好きなようだ。

……竜の感性はよくわからん。

「〈魔竜山脈〉に持って帰って、育ててあげるわ」

「勝手に持ち帰るな」

レオニスはトカゲを取り上げようとして――

ふと、彼女の眼差《まなざ》しに、どこか寂しげな影があることに気付く。

（……〈魔竜山脈〉の竜たちは、全滅したのだったな）

この世界にはもう、ドラゴンは存在しない。

彼女は、たった一人残された、最後のドラゴンなのだ。

「育てて、眷属《けんぞく》にでもする気か？」

「……そうね。あたしが鍛えれば、ファイア・ドレイククらいにはなるかも」

「無理だと思うが――」

「わかってるわ」

ヴェイラはトカゲの背中を優しく撫《な》でると、ケージに戻した。

「行きましょう。次は何を見せてくれるの？」

動植物園を離れ、別フロアへ移動する。

と、フロア同士を繋《つな》げる連結通路の入り口で――

「ねえ、そこのお二人さん――」

「俺たちのことか？」

レオニスは振り返る。

〈魔王〉を呼び止めるとはいい度胸だ。

声をかけてきたのは、顔にヴェールを付けた、ローブ姿の女だった。

レオニスのよく知る、魔術師のような格好だ。

女の前にある小さなテーブルには、細々《こまごま》とした道具が並んでいた。

「お二人の相性を、見させていただけませんか？」

「なんだ、占術の類いか。この時代にも生き残っているのだな」

レオニスは呆《あき》れ顔で肩をすくめた。

無論、一〇〇〇年前にも、占術を生業《なりわい》とする魔術師はいた。

その多くは魔術師くずれの人間であり、本物の〈未来視〉を持つ〈女神〉の力を知るレオニスにとっては、児戯以下のものだ。

しかし、ヴェイラは興味を抱いたようで、

「あたしとレオの相性？　ふーん、面白そうじゃない」

と、テーブルの前に座ってしまう。

〈相性など、最悪に決まっている……〉

〈魔王〉同士で何度殺し合ったことか——と、レオニスは苦々しく唸《うな》った。

ローブ姿の女はテーブルの上で両手を組み、厳かに声を発した。

「聖剣〈天球儀《ホロスコープ》〉——アクティベート」

虚空に生まれた光の粒子が、小さな天球儀へと姿を変えた。

〈ほう、〈聖剣〉の占術か……〉

おそらく、エルフィーネの〈天眼の宝珠《アイ・オヴ・ザ・ウィッチ》〉のような情報処理タイプの〈聖剣〉だろう。

〈聖剣学院〉では、このタイプの〈聖剣〉使いを集め、〈ヴォイド〉の発生予測や天候予測をさせている、と聞いたことがある。

（……〈天球儀〉ということは、星詠《よ》みの一種だな）

星詠みは、星の配置を見て運命を読み解く、オーソドックスな占術だ。

「お嬢さん、お名前は？」

「ヴェイラ・ドラゴン・ロードよ」

「……はあ、変わったお名前ですね」

堂々と告げるヴェイラに、占術師の女は少しだけ眉をひそめ、

「では、生まれ星は？」

「〈竜王星〉よ。決まってるじゃない」

「〈竜王星〉。暴虐と支配、混沌《こんとん》の星――」

虚空に浮かんだ天球儀の表面を、光の文字が高速で駆けめぐる。

と、今度はレオニスのほうを向き、

「君は？」

「レオニス・マグナスだ。生まれ星は……たしか〈大聖星〉だったか」

しかたなく、人間として生まれた時の星を告げる。

「〈大聖星〉。生まれながらの英雄、高潔なる勇者の星――」

天球儀の表面を、別の光の文字の帯が交錯する。

そして――

「お二人は、永遠の宿敵。顔を合わせれば争いが始まり、殺し合う関係……ええ!?」

結果を告げる占術師の顔が引《ひ》き攣《つ》った。

「へえ、当たってるわね」

「当たってるな」

ヴェイラとレオニスは顔を見合わせ、感心したように頷《うなず》き合う。

(……〈聖剣〉による占術、意外と馬鹿にできんな)

「あ、でもでも、待ってください！　普段はいがみあっていても、共通の敵がいるときは最強の組み合わせ。力を合わせているうちに、いつか素敵な恋に発展することも――」

「こっ、恋って……は？　はあああ？」

ヴェイラが威圧するように睨《にら》むと、占術師の女はヒッと怯《おび》えすくんだ。

「す、すみません、すみませんっ……でも、〈天球儀《ホロスコープ》〉が――」

〈竜王〉の怒気に触れ、泣き顔で謝る占術師。

と――

「……あら？」

虚空の〈天球儀〉を睨んだヴェイラが、訝《いぶか》しげに眉をひそめる。

「どうした？」

「……この天球儀、変ね。星の位置が違うわよ」

「……？　どういうことだ？」

レオニスは訊《き》き返すが、彼女は無視して占術師に尋ねる。

「ねえ、この星の配列は、間違いないの？」

「へ？　は、はい、私の〈聖剣〉は、現実の星空を写し取るものなので」

「そう……そうなのね。それじゃあ、この星は、なに？」

と、ヴェイラは真剣な表情で、天球儀の頂点を指差した。

「あたしは、こんな星は知らないわ」

「その星は――〈凶星〉です」

「〈凶星〉？」

「はい……赤く輝く、災厄を招く星。不吉の象徴。一説によると、〈ヴォイド〉は異次元ではなく、その星から来たのだと――」

占術師の言葉を聞きつつも、ヴェイラの眼差《まなざ》しは、その凶星を鋭く見据えていた。

◆

「一〇〇〇年で、星の配置が変わったのではないか？」

「そんなわけないでしょ」

喫茶店のトロピカルドリンクに口を付けつつ、ヴェイラは首を横に振った。

「では、なにか天変地異があったのかもしれんな」

「そうね。それこそ、空から星が墜《お》ちてくるような天変地異よ」

ヴェイラは仰ぐように天井を見上げた。

（……竜は、星を崇敬する種族であったな）

星の配置が変わったのは、彼女にとって、よほどの大事なことなのだろう。

「……っていうか、レオ、いままで気付かなかったの？」

「星に、たいして興味がなかったのでな」

〈不死者の魔王〉は地下宮殿の奥深くに籠もり、地上に出ることはほとんどなかった。

また、〈死都《ネクロゾア》〉の上空は濃い瘴気《しょうき》の霧が漂っており、星空はほとんど見えないのだ。

〈影の王国〉の住人である、ブラッカスとシャーリも、星の変化には気付かないだろう。

「普通は気付くわよ」

ヴェイラは呆《あき》れたように嘆息して、

「それに、一〇〇〇年前には存在しなかった、あの星――」

「……〈凶星〉か」

レオニスも、その星のことは気になっていた。

（……あの占術師は、不吉の星と呼んでいた）

思い出したのは、〈ハイペリオン〉の中で聞いた、レギーナの出生の秘密だ。

レギーナは本来、〈帝国〉の王女となるはずだったが、不吉の星と共に生まれたため、忌み子として廃嫡され、クリスタリア公爵家に引き取られたのだという。

それに——

（大賢者アラキールも、死の間際に妙なことを口走っていたな……）

——世界はすでに、変わったのだ。

——世界は、虚無の星と共に再生する。

あの時は、虚無に魂を蝕《むしば》まれたゆえの戯言《たわごと》と、気にとめることもなかったが。

（虚無の星、この世界の伝承を調べてみるか……）

と——

「——ま、いいわ」

ヴェイラは立ち上がり、ふっと微笑を浮かべた。

「星のことは気になるけど、あとで考えましょ。次はどこを案内してくれるの？」

「このフロアには水族館があるな」

「……そうね。それも面白そうだけど――」

と、彼女は窓の外に眼《め》を向けて、

「レオの〈王国〉を、上から見下ろしたいわね」

◆

(……〈女神〉の声、ね)

ライオット・グィネスの去った後――

エルフィーネはカフェに居座り、〈魔剣〉の調査を継続していた。

取得した管理局のデータによれば、〈聖剣〉の暴走状態に陥った学院生は八人。

その全員に、幻聴のような症状があったことは、間違いないようだ。

(なにか薬物を使用していた形跡は、見あたらないわね……)

更に調査を進めると、その八人に、ある共通点があることがわかった。

戦闘訓練用の人造精霊《アーティフィシャル・エレメンタル》、〈セラフィム〉を使用した形跡がある、ということだ。

その〈人造精霊〉の機能は、千差万別な〈聖剣〉の力を分析し、より適した訓練メニューを提示するという、有用なものだ。

(フィレット社の提供した、量産型の〈人造精霊〉――)

無論、これだけで、フィレット社の関連を疑うことはできない。

〈人造精霊〉の供給源は、ほとんどがフィレット社製であり、〈セラフィム〉も、学院生の間で広く使われているものだ。

ただ、少し不可解なのは、その〈セラフィム〉の提供が、現在はなんらかの不具合を理由に停止されていることだった。

「――端末で調査できるのは、これくらいかしら」

エルフィーネは嘆息すると、一応、管理局に匿名で、〈セラフィム〉に関する危険性を指摘したメールを送付しておく。

「あとは、こっちで情報収集するしかないわね――」

と、眼を閉じて、都市中に放った〈天眼の宝珠《アイ・オヴ・ザ・ウィッチ》〉の制御に意識を集中する。

どこかで〈聖剣〉の変質する兆候があれば、彼女に情報を送るよう、調整してある。

――【D.project】。

強制的に〈聖剣〉を進化させ、強力な〈魔剣〉を生み出す計画。

一度は凍結されたはずの危険な実験が、なぜ、この学院都市で行われているのか。

もし、父が――あの化け物が関わっているのだとしたら――

（娘のわたしが止めないと……）

――と、その時。

不意に、宝珠の一つが反応した。

「……っ、〈聖剣〉の変質、まさか、こんなタイミングで――!?」

エルフィーネは宝珠に意識を集中し、頭の中に映像を映し出す。

反応したのは、〈セントラル・ガーデン〉の自然公園上空だった。

◆

「……ふ、は……はは、ははは、やったぞ！　僕の〈聖剣〉の力が、戻ったぁ！」

自然公園の広場の前で、ミュゼル・ローデスは軽やかに〈指揮杖《しきじよう》〉を振った。

強力な催眠効果によって他者を支配する〈聖剣〉――〈絶対支配の杖《ドミニオン》〉だ。

「僕は選ばれたんだ、〈聖剣〉の〈女神〉に――」

壊れたように笑う青年の足下に、公園にいた市民が、一人また一人と跪《ひざまず》く。

ミュゼルは満足げな表情を浮かべると、虚《うつ》ろな目をした操り人形たちに、リーセリアとレオニスの映った端末の画像を掲げて見せた。

「――探せ……銀髪の女と、このガキを探せえええええっ！」

ミュゼルの号令一下。

人形たちは幽鬼のような足取りで歩きはじめた。

◆

二人の〈魔王〉は昇降機に乗り、屋上エリアにやって来た。

〈聖剣学院〉のタワーを除けば、〈セントラル・ガーデン〉の中で最も高い場所であり、〈第〇七戦術都市〉《セヴンス・アサルト・ガーデン》の景色をぐるりと一望できる。

「ドラゴンは本当に高いところが好きだな」

「ええ。〈不死者〉《アンデッド》が土の下を好むのと同じね」

「まあ、否定はせん」

レオニスは憮然《ぶぜん》として言葉を返す。

ヴェイラは腰に手をあて、傲然と下界を見下ろした。

「いい景色だけど、あちこち壊れてるのはいただけないわね」

「壊れてるのは、お前とアラキールが暴れた場所だな」

「なによ、どうせレオも暴れたんでしょう？」

「……っ、一緒にするな」

と、返しつつも、力強く反論できないレオニスである。

下界の景色を見て満足したヴェイラは、

「ねえ、あれはなに？」

と、屋上エリアの向こうにある、巨大なガラスに覆われた場所を指差した。

「プールだ。水遊びをする場所だな」

「水遊び？　まわり全部海なのに？」

ヴェイラが不思議そうな顔をする。

「海は〈ヴォイド〉の瘴気《しょうき》で汚染されているそうだ」

「ふーん。なんだか、楽しそうな声が聞こえるわね」

「……ふむ、なにか、祭事か催し事をしているようだな」

「お祭り？　カーニバル？　見てみたいわ！」

「お、おい……！」

ヴェイラはレオニスの腕を掴《つか》み、ぐいぐい歩きだした。

プールにはフローティング・ボードの浮島が無数に浮かび、その上で、ウォーターガンを手にした若者が激しい戦いを繰り広げていた。

「お祭りじゃなくて……戦争？」

「武器で戦う水上スポーツのようだな」

「へええ、面白そうね♪」

激しく戦う姿に、ドラゴン種族の闘争本能を刺激されたのだろう。

ヴェイラは肉食獣のような獰猛《どうもう》な笑みを浮かべると、

「レオ、あれであたしと戦いなさい！」

ビシッと、指先をレオニスの眼前に突きつけた。

「貴様、散々暴れたばかりではないか」

「言ったでしょ、覚えてないって。そんな戦い、ノーカウントよ」

「俺とブラッカスは、しっかり覚えているぞ。暴走したお前を倒すために、せっかく手に入れた〈魔王殺しの聖剣《ゾルグスター・メゼキス》〉まで失ったのだからな！」

あれほどの戦いを繰り広げておきながら、彼女だけ覚えていないというのは理不尽だ。

レオニスにとっては、ひさしぶりに血の躍る〈魔王〉同士の戦いだったのだ。

「知らないわよ、そんなの。なに、あたしと戦うのが怖いの？」

「……なんだと？」

レオニスは唸《うな》るような声を発し、ヴェイラを睨《にら》み上げた。

「見損なったわ。子供の姿になって、〈魔王〉の魂まで消えてしまったようね」

「……っ、安い挑発だな、〈竜王〉よ」

レオニスは肩を震わせ、闇のオーラを纏《まと》った。

こんな侮辱を許しては、〈不死者の魔王〉の沽券《こけん》にかかわる。

「いいだろう。我が全力を以《もっ》て、貴様を屈服させてやろう」

……なんだかんだで、レオニスも好戦的な〈魔王〉なのだった。

◆

そんな二人の〈魔王〉を、物陰から見ている少女たちがいた。

「デ、デートしてるわ！　学院で禁止されてる、不純異性交友だわ」

「お嬢様、不純と決まったわけではありませんよ」

ハラハラした表情のリーセリアを、レギーナがなだめる。

「そ、それでもだめよ！　レオ君はまだ、十歳の子供なんだから」

「はいはい。お嬢様は、レオ君をとられて寂しいんですね」

「ち、違うもん……保護者だから、心配なの」

リーセリアはぷくーっと拗《す》ねたように頰《ほお》を膨らませる。

普段はしっかりものの優等生なのだが、レオニスのこととなると、途端に過保護になってしまうのである。

「あ、こんどは、プールのウォーターシューティングで遊ぶみたいですよ」

「ええっ、レオ君、あんまり泳げないのに……」

大丈夫かな、と心配そうに呟《つぶや》くリーセリア。

「……お嬢様、これはマズイかもしれません」

「え？」

真剣な表情で呟くレギーナに、リーセリアは不安な眼《め》を向ける。

「あの娘《こ》、えっちな水着姿で少年を籠絡《ろうらく》する気かも……」

「レ、レオ君は、そんなえっちな子じゃないわ！　それに、まだ子供なんだし……」

「いえいえ、お嬢様。十歳でも立派な男の子ですよ」

「そ、そうかしら……」

リーセリアは、あの少女が現れた時のことを思い出した。

「た、たしかに、彼女は、その……過激な格好をしていたわね」

「でもお嬢様も、〈ホーンテッド・カフェ〉で過激な格好してましたね」

「……～っ、レギーナ！」

羞恥に顔を赤く染め、レギーナの肩をぽかぽか叩《たた》く。

「痛っ、痛いです、お嬢様――あっ、そうです！」

と、レギーナが何か思いついたように、ぽんと手を打った。

「どうしたの？」

「お嬢様、これはいい機会かもしれません」

「……？」

と、首を傾《かし》げるリーセリア。

レギーナは、ガラス張りの巨大な建物を指差して、

「ウォーターシューティングですよ。こんな風にこそこそ隠れて追跡しないで、正々堂々、あの娘に勝負を挑んで、少年を取り戻すんです！」

「正々堂々……勝負――」

レギーナの言葉に、リーセリアはハッとする。

たしかに、こんな風にこそこそ隠れているのは、リーセリアの気性に合わない。

誇りあるクリスタリア公爵家の娘は、常に真正面から敵に立ち向かうのだ。

「……そう、そうよね。たしかにいいチャンスだわ」

それに――

ウォーターシューティングは、総合的な身体能力を要求されるスポーツだ。

もしかすると、あの少女の力を知ることができるかもしれない。

「そうです、そうです！」

ツーテールの金髪を揺らし、こくこく頷《うなず》くレギーナ。

「それじゃあ、早速水着をレンタルしに行きましょう♪」

「レギーナ、ひょっとして、わたしをけしかけて楽しんでない？」

と、一瞬だけ、持ち前の勘の鋭さを見せるリーセリアだが、

「そ、そんなことありませんよ。ほら、少年がたぶらかされてもいいんです？」

「……っ、そ、そうね、急ぎましょう！」

レオニスのことに関しては、判断力が大きく鈍るリーセリアだった。

第四章　魔剣暴走

プールに付属する更衣室で、レオニスは手早く着替えをすませた。

〈影の王国〉より召喚した黒のハーフパンツは、〈ハイペリオン〉の艦上プールで水泳の練習をした時に、リーセリアが買ってくれたものだ。

ひと足先に中に入ると、プールサイドには大勢の人が集まり、中央のプールで行われている、ウォーターシューティングの試合を楽しんでいた。

フローティング・ボードの浮島を縦横に飛び回る、レオニスより年上の少年たち。

みな身体能力が高いのは、おそらく〈聖剣学院〉の学院生だからだろう。

その白熱した試合を眺めつつ、不思議に思う。

（……あんな災厄に襲われたというのに、平和なものだな）

ヴェイラの暴走だけではない。約二ヶ月《にかげつ》前、アラキール・デグラジオスの引き起こした〈大狂騒《スタンピード》〉の破壊の爪痕も、いまだ深く残されているはずだ。

だが、この〈第〇七戦術都市《セヴンス・アサルト・ガーデン》〉の人間は、こうして娯楽に興じている。

（……あるいは、これが人類の意地、なのかもしれんな）

ふと、レオニスはそんなことを思う。

生存圏の大半を〈ヴォイド〉に奪われ、絶滅の危機に瀕《ひん》していても、決して絶望せず、人類の生み出した最も優れた文化である、娯楽《エンターテインメント》に興じる。

それこそが、人類の意地であり、プライドなのだと。

（……そういうところだけは、一〇〇〇年前から変わらぬものだな）

火を噴くことも、空を飛ぶことも出来ない、最も弱い種族。

しかし、滅びと絶望の中でも生き続けることのできる、したたかさがあった。

〈魔王軍〉は、人類のそのしたたかさを侮った故に、敗北したのだろう。

と、そんなことを考えつつ、植えられた椰子《やし》の木の木陰で待っていると、

「──待たせたわね、レオ」

ようやく、水着に着替えたヴェイラが姿を現した。

「……っ！」

レオニスは思わず、息を呑《の》む。

彼女がレンタルしたのは、黒いビキニタイプの水着だ。

燃えるような真紅の髪。

ほどよく膨らんだバストと、優美な曲線を描くお腹《なか》。すらりと伸びた白い脚。

その完璧なプロポーションに、周囲の人々がチラチラと視線を送る。

「なに？　このあたしに、見惚《みと》れているの？」

ヴェイラはふっと悪戯《いたずら》っぽく微笑《ほほえ》んだ。

「……っ、ふん、そんなはずなかろう」

視線をふいっと逸《そ》らしつつ、言い捨てるレオニス。

「へえ、生意気言うじゃない」

「な、なにをする⁉」

ヴェイラはレオニスの頭を抱え込むと、脇に挟んで首を絞める。

レオニスの顔に彼女の胸の感触がふよん、と押しつけられる。

「……っ……ぐ……や、め……息が……」

「あら、あの〈不死者の魔王〉が呼吸困難なんて、人間の身体《からだ》って不便ね」

「……き、さま……！」

ジタバタもがくが、十歳の子供の力では外すことなど不可能だ。

と——

「レ、レオ君をいじめないで！」

そんな声が聞こえてきた。

レオニスが顔を上げると、

「……セリアさん？」

プールサイドに現れたのは、なんと、水着姿のリーセリアとレギーナだった。

リーセリアは清楚《せいそ》なイメージの白い水着。

レギーナは、お洒落《しやれ》な柄のミントグリーンの水着である。

「レオ君をいじめたら、わたしが許さないんだから」

リーセリアは、ヴェイラを睨《にら》み据えた。

ヴェイラはレオニスの首を放すと、その視線をまっすぐに受け止めて――

「ふーん、レオが心配でついてきたの？　可愛《かわい》い眷属《けんぞく》ね」

ふっと笑みを浮かべてみせる。

余裕あるその態度に、一歩たじろぐリーセリア。

「セリアさん、どうしてここに？」

と、自由になったレオニスは訊《たず》ねた。

「レオ君、誘拐されたと思ったんだもの。連絡も取れないし」

「それは、すみません」

急だったので、通信用の端末を部屋に置いてきてしまったのだ。

「それで？　レオを取り返しに来たの？　悪いけど、今は――」

「わ、わたしと勝負しなさい！」

リーセリアはびしっとヴェイラを指差した。

「なっ――！」

と、驚くレオニス。ヴェイラは面白そうにリーセリアを見つめ返して、

「勝負、このあたしと？」

「そうよ。わたしが勝ったら、レオ君を自由にしてもらうわ」

「……ふぅん」

ヴェイラは、獲物を見定める竜のように、リーセリアを睨《にら》んだ。

普通の人間であれば、気絶してもおかしくないほどの威圧感だが、リーセリアは気丈にも、〈竜王〉から眼《め》を逸《そ》らさずに対峙《たいじ》している。

「セリアお嬢様、頑張って！」

そんな主人の背中に隠れたレギーナは、小声で無責任に応援していた。

「いい度胸ね、面白いわ。その勝負、受けてあげる」

ヴェイラは不敵な笑みを浮かべると、腰に手をあて、

「三人でかかってきなさい」

「……なんだと？　それは——」

彼女の提案に、レオニスは反発を覚えた。

〈魔王〉どうしの戦いで、多勢で戦ったとあれば、レオニスの沽券《こけん》に関わる。

「ハンデよハンデ。あたしのほうが圧倒的に有利なんだし」

「む……」

……それはたしかに、彼女の言う通りではあった。

レオニスは十歳の身体《からだ》で、しかも、水泳が苦手なのだ。

「それとも、眷属《けんぞく》は足手まとい？」

「……なんだと？」

見え見えの挑発だが、レオニスは怒りを抑えられなかった。

自慢の眷属を侮られたとあっては、その主君として、引くことはできない。

「……いまの言葉、後悔するぞ、ヴェイラよ」

「決まりね。楽しみだわ、レオを屈服させるのが」

ヴェイラはレオニスを見下ろし、不敵な笑みを浮かべた。

◆

リーセリアが競技の受付登録を済ませ、プールサイドに戻って来た。

今試合をしている者たちがプレイを終えたら、競技用プールを使うことができる。

「すみません、こんなことになってしまって」

「ううん、わたしが勝負を挑んだんだもの」

レオニスが謝ると、リーセリアは微笑して首を振った。

「それにしても、レオ君、泳げないのに彼女と勝負しようとしてたの？」

「少し軽率でした。でも、決して退《ひ》けないときもあるんです」

レオニスにも、〈魔王〉のプライドがある。

とくに、宿命の敵たる〈竜王〉を相手に、逃げることは許されないのだ。

「そう、男の子だもんね」

リーセリアは、なぜか嬉《うれ》しそうにレオニスの頭を撫《な》でた。

「大丈夫、レオ君はわたしが守るわ」

「狙撃はわたしに任せて下さいね、少年」

レギーナが、レンタルしたウォーターガンを構えてみせる。

「頼りにしてます、レギーナさん」

「拳銃の扱いには慣れているけど、ライフルは初めてね」

「ええ、〈竜撃爪銃《ドラグ・ストライカー》〉とは、使い勝手がかなり違いますよ」

ウォーターガンの有効射程は、たったの五メルト。

よほど至近距離で撃たなければ、相手を落とすことはできまい。

無論、本来は、あの〈竜王〉をこんな水鉄砲で落とすことなど不可能だが、彼女はあくまでこのスポーツのルールを守り、力は抑える、とのことだった。

暴虐ではあるが、卑怯《ひきょう》ではないので、そこは信頼していいだろう。

「少年、使い方はわかります？」

「いえ、こういう武器は初めてです」

「じゃあ、お姉さんが教えてあげますね」

本職のレギーナに、ウォーターガンの手ほどきを受けるレオニス。

この時代の書物を調べているうちに知ったことだが、銃と呼ばれるこの種の武器は、六四年前、人類に〈聖剣〉が発現しはじめる以前には、存在しなかったらしい。

つまり、銃型の〈聖剣〉を模倣して、銃が造られるようになったということだ。

（……どうにも、不可解な話だな）

銃の概念が生まれるより先に、銃の形をした〈聖剣〉が与えられた。

〈聖剣〉は、人の魂を具現化したものだそうだが、だとすると何故《なぜ》、人類にとって未知の概念であったはずの、銃の〈聖剣〉を発現することが出来たのか――？

異能の力〈聖剣〉とは、何なのか――いずれ、その謎も解く必要があるだろう。

と、そんな考察をはじめるレオニスだった。

◆

「この足場、結構揺れますね」

プールの上に無作為に配置された、フローティング・ボードの上で、レオニスたちはウォーターガンを構える。

肉体の直接的なコンタクトは禁止。ウォーターガンの攻撃によって、敵プレイヤーのバランスを崩し、水に落とすことができれば得点となる。

この他にも、ポイントに関する細かなルールがあるらしいが、そのあたりは、頭上を飛び回る〈人造精霊《A・E》〉が自動で計測し、スコアを付けてくれるそうだ。

「体重移動でバランスを取るといいわよ、ほら」

グラグラ揺れるレオニスに対し、リーセリアはさすがの運動神経だ。

「レオ君、ちょっとこっち向いて――」

「なんですか？」

振り向いた、その途端。

……かぷっ♪

リーセリアは軽く、レオニスの耳たぶを甘噛《あまが》みした。

「……っ、セリアさん!?」

「魔力補給よ。真剣勝負だから、本気で挑まないと」

悪戯《いたずら》っぽく微笑《ほほえ》むリーセリア。

「……～っ、ひ、人前ではだめですよ」

少し赤くなった耳たぶを押さえつつ、レオニスは注意する。

（……なんだか、最近、噛《か》み癖がついてきてないか？）

「はじまりますよ、お嬢様」

「ええ――」

前方の浮島に立つヴェイラを見据え、リーセリアは頷《うなず》く。

「いつもの、第十八小隊のフォーメーションで――」

「ええ」「わかりました」

リーセリアを前衛とした、小隊の基本フォーメーションだ。訓練試合では、ここに咲耶《さくや》の正面突破力と、エルフィーネの分析能力が加わることになる。

ビイイイイイイイ――！

鳴り響く電子音が、試合の開始を告げた。

ダンッ――リーセリアが足場を蹴って跳躍した。

ダンッ、ダンッ、ダンッ、ダンッ――！

リズミカルな打音。

圧倒的な〈吸血鬼の女王《ヴァインパイア・クィーン》〉の身体能力で、ヴェイラに対して一気に距離を詰める。

「あたしに接近戦を挑むというの？　度胸だけは認めてあげるわ」

ヴェイラは獰猛《どうもう》な笑みを浮かべると、すう、と息を吸い込んだ。

彼女の周囲に無数の波紋が生まれ、プールにさざ波がたつ。

プールサイドで試合を観戦している学生達《たち》の間にどよめきが生まれた。

（……ヴェイラは力押しで来るだろうな）

相手は暴虐の〈竜王〉。戦略を練ったり、小細工を弄することはあるまい。

それが、地上最強の生命体である、ドラゴンの誇りなのだ。

リーセリアが踏み込み、ヴェイラのいる浮島に飛び移った。

「勇敢ね、レオの眷属《けんぞく》にはもったいないわ」

ウォーターガンを無造作に構え、発砲するヴェイラ。

しかし、水の弾は狙いを大きく逸《そ》れる。

「ウォーターガンの使い方には、慣れてないみたいね！」

「いいハンデよ」

リーセリアが至近距離で水弾を放った。

ヴェイラは真紅の髪を翻《ひるがえ》して跳躍、別の浮島へ飛び移る。

そこへ――

「墜《お》ちていただきます――〈猛竜砲火《ドラグ・ハウル》〉！」

レギーナがウォーターガンを連射。

本職のガンナーによる、正確無比な射撃がヴェイラの脚部を穿《うが》つ。

「……っ、と——いい腕ね！」

「仕留め損ないましたか——」

悔しそうに呟《つぶや》くレギーナ。

被弾はしたものの、バランスを崩すには至らなかったようだ。

「今度は、こっちの番ね——」

ヴェイラが大きく振り上げた脚を、ドンッと振り下ろした。

彼女を中心に大波が放射状に広がり、レギーナの足場をひっくり返す。

「ええっ、ちょ……ふあああっ！」

かわいい悲鳴を上げて、レギーナは水中にドボンと落下した。

上空を舞う鳥のような〈人造精霊《A・E》〉が、ポイントが入ったことを告げる。

「……っ、よくもレギーナを！」

「あはっ、どこを狙っているの？」

リーセリアがウォーターガンを発射するが、ヴェイラは軽やかに回避する。

「俺もいるぞ」

「ひゃうっ！」

ヴェイラの背後に回ったレオニスが、リーセリアを援護する。

しかし、有効射程外だったようで、彼女の水着を濡《ぬ》らすにとどまった。

「やったわね、レオ！」

ヴェイラが反撃してくる。レオニスはあわてて後方に下がった。

「──こっちよ！」

リーセリアが果敢に飛び込んで、ウォーターガンを乱射する。

ヴェイラは金色の眼《め》を輝かせ、その場で跳躍。

ズンッ、と浮島が水の中に沈み、水柱が上がった。

リーセリアの放った水弾は、水柱に呑《の》み込まれて消えてしまう。

「……う、嘘《うそ》っ！」

「これが、ドラゴンの戦い方よ──」

波を受け、バランスを崩したリーセリアの眼前に──

水柱を突き破って、ヴェイラが姿を現した。

ウォーターガンの銃口を、リーセリアのお腹《なか》に突きつけ、引き金を引く。

水弾が水飛沫《みずしぶき》をあげて弾《はじ》け、リーセリアはプールに落下した。

「ほら、上がってきなさい。まだまだ遊び足りないわ」

腰に手をあて、リーセリアを見下ろすヴェイラ。

「……～っ！」

リーセリアはプールの底を激しく蹴りつけ、タッと浮島に飛び乗った。

「余裕だな、ヴェイラ――」

レオニスが足下を狙って、ウォーターガンを撃つ。

「そんな狙いじゃ、あたらないわよ！」

「ああ、それでいい――」

「……え？」

「本命はこっちです！　いっけえええええええっ！」

レオニスの射撃は、ヴェイラの立ち位置を誘導するのが目的だ。

復活したレギーナの射撃が、ある一点をめがけて放たれる。

「そんな遠くからの攻撃じゃ――え？」

ヴェイラの余裕の笑みが消え、金色の眼《め》が見開かれる。

はらり、と水着の紐《ひも》がほどけ、足下に落下したのである。

「……ちょっ……ふああっ！」

顔を真っ赤にして、あわてて胸を隠すヴェイラ。

レギーナは水着の紐の結び目を狙い、ほどいたのだ。

「やりました！」

「……ば、馬鹿っ……もうっ！」

ヴェイラは羞恥に頬《ほお》を赤く染め――

燃えるような真紅の髪が、ぶわっと逆立った。

瞬間。突風が吹き荒れ、周囲の浮島がひっくり返る。

「……おわっ、待て、ヴェイラ……！」

足を滑らせたレオニスは、あえなくプールに落下した。

「……が、はっ……がぼぼぼ……」

と、水中でもがくレオニス。水を飲んだせいで、うまく呼吸ができない。

「──レオ君！」

リーセリアはなんの躊躇《ちゅうちょ》もなく、水に飛び込んだ。

溺れかけたレオニスの身体《からだ》を抱きしめると、水面に浮かんでくる。

「レオ君、大丈夫⁉」

「……ぷはっ……大丈夫、です……水を飲みましたけど」

けほけほっ、と咳《せ》き込むレオニス。

「……よかった。無理をしてはだめよ」

ほっと安堵《あんど》の息を吐《つ》くリーセリア。

「ちょっと、反則はだめよ！」

「それは悪かったけど……あ、あんなことするのが悪いんだからねっ！」

ヴェイラは顔を真っ赤にしたまま、水着の紐を結びつける。

「……まあ、いまのは無効でいいわ。勝負を再開しましょう――」

――と、ヴェイラがリーセリアに手を差し出した、その時だ。

「――つけた、やっと見つけたよ、リーセリアあああああああああっ！」

プールの入り口で、そんな叫び声が響き渡った。

◆

(……っ、何事だ？)

と、レオニスは、プールの入り口に立つ人影に眼《め》を向けた。

〈聖剣学院〉の制服を着た、金髪の優男だ。

本来、整った顔立ちなのだろうが、その顔貌《がんぼう》は醜く歪《ゆが》んでいる。

(……どこかで見覚えがあるな、たしか――)

「ミュゼル・ローデス先輩……？」

呆然《ぼうぜん》としていたリーセリアが、ハッと我に返り、その名前を呟《つぶや》く。

(……ああ、そんな名前だったか)

レオニスが〈聖剣学院〉に入学した日に、愚かにも決闘を申し込んできた男だ。

と――

「奴隷どもっ、僕の声にしたがえっ——〈絶対支配の杖《ドミニオン》〉よ！」

ミュゼルが、指揮杖《しきじよう》を頭上にかかげて絶叫した。

途端。プールサイドにいた人々が動きをピタリと止め——

ギ……ぎぎ……と、一斉にレオニス達《たち》のほうを向く。

「……なんだ？」

「あれは、支配の〈聖剣〉よ」

リーセリアがうめくように言った。

そういえば、いつかの決闘の時も、あの男は少女たちをあの杖《つえ》で操っていた。

「でも、お嬢様に負けて、〈聖剣〉の力を失ってたんじゃ……」

「ええ。それに、彼の〈聖剣〉は、同意した相手しか支配できなかったはずよ」

「ねえ、なんだかわからないけど——」

と、ヴェイラが愉快そうに口を開いた。

「あたしとレオの勝負の邪魔をするなんて、いい度胸じゃない」

「——待て、ヴェイラ」

すっと指先を上げたヴェイラを、レオニスは静かに制した。

「なに？　塵《ごみ》を掃除するだけでしょ？」

「目立つ真似《まね》はするなと言ったはずだ」

レオニスは浮遊の呪文を唱え、浮島の上にとん、と乗った。

「ここは俺の〈王国〉だ。俺のルールに従え」

この暴虐の〈竜王〉は、操られた人々ごと吹き飛ばしかねない。

そんなことを許せば、リーセリアは激怒するだろう。

ヴェイラは一瞬、むっと眉をつり上げるが——

「……わかったわ。レオの流儀にまかせましょう」

腰に手をあて、肩をすくめてみせた。

「はっ、はははっ、僕を馬鹿にしやがって、殺せ、殺せえええええっ！」

ミュゼルが〈絶対支配の杖《ドミニオン》〉を振り下ろした。

同時、意志を失った操り人形たちが一斉に襲いかかってくる。

「お嬢様、なんですか、逆恨みですか!?」

「……っ、正気を失っているように見えるわね！」

スパンッ！

飛びかかってくる男たちを、リーセリアは水中に蹴り落とす。

「まだまだ来ますよっ！」

「レオ君、民間人を傷つけてはだめよ」

「わかってます——〈影の御手《メスタ・モルド》〉」

レオニスの足下から伸びた影の触腕が、押し寄せる人々をプールに次々と投げ込んだ。

無数の水柱が上がり、足場のフローティング・ボードが大きく揺れる。

（場所がプールなのが幸いしたな。しかし……）

レオニスは訝《いぶか》しげに、入り口で指揮杖《しきじょう》を振る青年に視線をくれる。

相手が一般市民なのは少々厄介だが、こんな雑兵を操ったところで、レオニスはおろか、リーセリア一人をどうこうすることもできまい。

と――

「ひ、ははは っ、殺せ、殺せ、そこの女とガキを殺せええええええええ！」

「……なに？」

メキッ、メキメキメキッ、メキッ――！

頭上にかかげた〈絶対支配の杖〉が、木の枝のように急成長する。

その尖端《せんたん》は、プールの天井にまで届こうかという勢いだ。

「〈聖剣〉が進化した、だと？」

『――いいえ、あれは進化じゃない。暴走状態よ』

と、不意に。頭上で声が聞こえた。

レオニスが見上げると、輝く光の球体が宙に浮かんでいた。

エルフィーネの〈聖剣〉――〈天眼の宝珠《アイ・オヴ・ザ・ウィッチ》〉だ。

「……っ、フィーネ先輩？　どうして──」

「話は後よ。彼を止めないと」

「そ、そうですね！　〈聖剣〉──アクティベート！」

リーセリアが起動の言葉を唱え、〈誓約の魔血剣《ブラッディ・ソード》〉を呼び出した。

同時にレギーナも、ライフル型の〈竜撃爪銃《ドラグ・ストライカー》〉を構える。

「う、おおおお……」「おお、おおおおお……！」「あああああっ……」

プールに落とされた人間たちが幽鬼のように復活し、浮島にしがみ付いてきた。

「……っ、レオ君は操られた人たちをお願い、わたしはミュゼルを押さえるわ」

「わかりました──」

リーセリアが浮島を蹴りつけ、一気に跳躍した。

莫大《ばくだい》な魔力を身体機能に転換する、〈吸血鬼の女王《ヴァインパイア・クイーン》〉の能力だ。

溢《あふ》れた魔力光《マナ・フレア》が、彼女の白銀の髪を輝かせ、その軌道は光の帯を描く。

「お嬢様、援護します！」

リーセリアに次々と飛びかかる操り人形を、レギーナの銃が正確に射貫《いぬ》く。

最大限に手加減しているのだろうが、なかなか痛そうだ。

気絶してプールに落ちた人々を、レオニスの影の手が回収する。

プールの水面を、真紅の閃光《せんこう》のように駆け抜けるリーセリア。

「リーセリアアアアアアアアッ！」

ミュゼル・ローデスが、歓喜に満ちた声を上げた。

無数の枝を伸ばし、今や巨大な樹木のようになった杖《つえ》が叩《たた》き付けられる。

「はあああああっ！」

だが、リーセリアは怯《ひる》まない。

自身の腕を浅く切り裂き、血飛沫《ちしぶき》を上げつつ突進する。

ほとばしる血飛沫が、血の刃《やいば》となり、迫り来る〈聖剣〉の枝を斬り飛ばした。

「……っ、お前の、お前のせいで僕はあああああっ！」

「先輩、落ち着いて！　話を聞いて――」

肥大化した〈聖剣〉を振り回すミュゼルに、リーセリアは必死で声をかけるが、

「は、ははは、僕は誰にも止められない、僕は――〈女神〉に選ばれたんだ！」

「……〈女神〉？」

と、一瞬、その言葉に意識を取られた隙に――

ミュゼルの手にした巨大な枝が、押し潰すように振り下ろされる。

しかし、その枝が彼女の身に触れることはなかった。

「――〈爆裂咒弾《ファルガ》〉！」

ズオオオオオオオオオンッ！

レオニスの放った呪文が、枝をまとめて吹き飛ばしたのだ。

「レオ君……！」

『セリア、彼は完全に精神錯乱の状態にあるわ。説得は無理よ』

エルフィーネの〈宝珠〉が、リーセリアのそばで声を発する。

「――っ、わかりました」

リーセリアは覚悟を決めたように頷《うなず》くと、〈誓約の魔血剣《ブラッディ・ソード》〉を正眼に構えた。

血の刃《やいば》が、紅《あか》い華のように咲き誇り、白銀の髪にほのかな魔力光《マナ・フレア》が宿る。

「ヒャ、ヒャハハハハハッ！」

ミュゼル・ローデスが哄笑《こうしょう》した。

破砕された〈聖剣〉が一瞬で再生し、濃密な瘴気《しょうき》を纏《まと》わせる。

……ギチ、ギチギチ、ギチギチギチギチギチ……

巨大な枝が複雑に絡み合い、歯を噛《か》み合わせるような不気味な音が響く。

枝はミュゼルの全身を包み込み、爆発的に成長した。

『……っ、そんな――あれは……あれはまるで、〈ヴォイド〉？』

「リーセリアアアアアアアアッ！」

無数の枝が、鋭い槍《やり》となってリーセリアに襲いかかる。

だが、リーセリアは瓦礫《がれき》を蹴って、槍衾《やりぶすま》の中に飛びこんだ。

「猛る血よ、踊り、屠《ほふ》れ――〈血華刃嵐《ブラッド・ストーム》〉！」

蒼氷《アイスブルー》の瞳が赤く変色し、煌々《こうこう》と輝く。

血の刃が嵐のように荒れ狂い、ミュゼルの〈聖剣〉をズタズタに斬り裂いてゆく。

脚部に収斂《しゅうれん》した魔力を解放。距離を詰め、一気に踏み込む。

「はあああああっ！」

紅く輝く刃の切っ先が、絡まり合う枝を貫通した。

「ア、血、血ガ、アアアアアッ……痛イッ、イタイイタイタイイイッ！」

肩口を切り裂かれ、悲鳴をあげてのたうちまわるミュゼル。

リーセリアはヒュンッと刃を戻し、巨大な枝を斬り払う。

「ミュゼル・ローデス、おとなしく――」

「貴様アアアアッ、ヨクモ僕ノ〈聖剣〉ヲオオオオオッ！」

「……っ！」

口角泡を飛ばし、素手で飛びかかってくるミュゼルに――

スパアアアンッ！

リーセリアの強烈なハイキックが炸裂《さくれつ》した。

「……あ……がっ……あ……ごふっ」

白目を剥《む》いて、プールサイドの床に倒れるミュゼル。

同時に、暴走した〈聖剣〉が光の粒子となって虚空に消える。

彼が完全に意識を失ったのを確認すると、リーセリアは後ろを振り向いた。

「フィーネ先輩、学院の医療班に連絡を」

『ええ、すでにしているわ』

と、彼女の頭上を飛ぶ〈宝珠〉が答える。

「……彼に一体なにがあったんですか？」

倒れ伏したミュゼルを見下ろしつつ、リーセリアが訊《たず》ねると、

『……〈魔剣〉』

「え？」

エルフィーネの呟《つぶや》いたその言葉に、怪訝《けげん》そうに眉をひそめるリーセリア。

いっぽう、騒動をプールサイドで観戦していた〈魔王〉二人は――

「へえ、レオの眷属《けんぞく》、なかなかやるじゃないの」

「ふん、そうであろう」

感心したように呟くヴェイラに、レオニスは自慢げな様子で頷《うなず》いていた。

◆

「──〈竜王〉ヴェイラは、虚無に呑《の》まれて消滅したようですね」

「所詮は〈女神〉の器ではなかった、ということかのぉ」

大聖堂に、老人のしわがれた嗤《わら》い声が響きわたる。

壁に設置された燭台《しょくだい》の炎が、妖しく揺れ、黒結晶の円卓を照らしだした。

世界と世界の〈狭間《はざま》〉の空間に存在する、〈次元城〉の一室だ。

「ヴェイラ・ドラゴン・ロードを、人類が発掘したことは予定外でした。完全な形で復活していれば、あるいは器たりえたかもしれません」

老人の対面に座す、司祭服の若者は悲しげに首を振った。

眉目秀麗な白髪の若者だ。

「たしかに、イレギュラーな事態でありましたからな、ネファケス殿」

と、その老人は頷く。

頭骨の異様に長く発達した、禿頭《とくとう》の老人であった。

魔王軍大参謀──ゼーマイン・ヴァイレル。

一〇〇〇年前は、〈不死者の魔王〉に仕えた、アンデッドの魔術師である。

「〈女神〉の預言によれば、目覚めを待つ〈魔王〉は、あと五体。人類に発掘される前に、こちらで目覚めさせねば」

「そうですね。しかし、その半数以上は行方《ゆくえ》知れずです。おまけに〈海王〉は大海溝の下、

〈鬼神王〉は、〈六英雄〉の〈剣聖〉に取り込まれてしまった」

「そうなるとやはり、〈死都《ネクロゾア》〉におわす我が主《あるじ》を甦《よみがえ》らせるよりほかありますまい」

ゼーマインは喉の奥で、昏《くら》い哄笑《こうしょう》を上げた。

「英雄より堕《お》ちた最強の魔王。〈不死者の魔王〉——レオニス・デス・マグナス様を」

「〈不死者の魔王〉、ですか。たしかに、器としては申し分ありません。あの御方《おかた》は、我が主〈アズラ＝イル〉様と並んで、〈女神〉を深く愛しておられました。しかし——」

と、ネファケスは優美な顎先に手をあてて、

「〈不死者の魔王〉を復活させるとなれば、相当な数の〈魔剣〉が必要になりますね」

〈魔王〉の復活に用いる贄《にえ》——

〈聖剣〉の相転移体である〈魔剣〉は、容易に収集できるものではない。

〈ハイペリオン〉での〈魔剣〉収集計画の失敗に加え、〈六英雄〉の〈聖女〉を覚醒させるためにも、莫大《ばくだい》な〈魔剣〉を消費した。

「——それに関しては、わしに計画がある」

ゼーマインはローブの裾を軽く振る。

と、その掌《てのひら》に、妖精を象《かたど》った黒い影が現れた。

「——それは？」

「こやつはのう、わしの生み出した〈人造精霊《A・E》〉よ」

妖精はゼーマインの掌の上で、くるくると踊った。

「〈人造精霊〉──〈女神〉が人類に与えた、超高度魔導技術《オーバー・テクノロジー》ですね」

「左様、この〈セラフィム〉は、〈人造精霊〉に、〈女神〉の欠片《かけら》を埋め込むことに成功したものじゃ。〈アストラル・ガーデン〉を介して、ひとたび〈聖剣〉使いと接触すれば、未来におわす〈女神〉の声の中継装置となる」

「──なるほど。〈女神〉の声により、〈聖剣〉の反転をうながす、と」

ネファケスは感心したように頷《うなず》く。

「それだけではないぞ。大量の〈魔剣〉を収集する策は、この魔軍参謀の脳の中にすでにある。レオニス様の眠る〈死都〉のそばには、おあつらえむきに、〈聖剣〉の使い手を集めた、人類の都市が寄港しておるじゃろう？」

「──〈第〇七戦術都市《セヴンス・アサルト・ガーデン》〉。どう使うおつもりで？」

「それは策をご覧じろ《ろう》、ネファケス殿」

ゼーマインはニヤリと侮蔑の笑みを浮かべた。

「〈聖女〉に〈竜王〉、おなじ轍《てつ》は踏みますまいぞ」

「──楽しみにしていますよ、ゼーマイン殿」

ネファケスは悠然と微笑《ほほえ》むと、パチリと指を鳴らした。

「刹羅《せつら》、おいで」

「は──」

と、闇の中に、スッと小柄な影が現れた。

腰まで伸びた、目の覚めるような青い髪。

異国の白装束に、白い仮面を装着した少女だ。

「ゼーマイン殿が〈死都《ネクロソア》〉に赴《おもむ》かれる。護衛を」

「……御意」

「このわしに、護衛など不要じゃよ」

ゼーマインが肩をすくめるが、

「いえ、万が一ということもありますので、ね」

青年は、瞳に昏《くら》い光を灯《とも》し、低く笑った。

第五章　殲滅任務

Demon's Sword Master of Excalibur School

今朝の目覚めは、あまり心地のよいものではなかった。

（……昨日、あんなことがあったせいかしらね）

ベッドの上で半身を起こしたエルフィーネは、薄闇色の眼《め》を窓のほうへと向ける。

彼女は小さくかぶりを振り、乱れた髪を指先でくしけずった。

今朝は、小隊の緊急ミーティングがあるのだ。

軽くシャワーを浴びて身支度を調えると、寮の共有スペースに足を向ける。

キッチンに併設された共有スペースの壁には、先日の〈聖灯祭〉で使った〈ホーンテッド・カフェ〉の飾り付けがまだ残っていた。

エルフィーネは椅子に腰掛けると、端末を起動し、最新のニュースを読む。

昨日の事件のことは、記事にはなっていたが、その扱いはほんの小さなものだった。

学院側が報道局に手を回したのだろう。

（人類の守護者たる聖剣士が、〈聖剣〉を暴走させて一般市民に危害を加えた、なんてニュース、知られたくないでしょうしね……）

とはいえ、あれほどの大事件を完全に隠蔽するのは不可能だ。それに、〈聖剣士〉による犯国家的行為が、皆無というわけでもない。

〈魔剣〉を破壊されると同時に意識を失ったミュゼル・ローデスは、学院の運営する医療施設に搬送された。命に別状はないようだが、事件を起こした時の記憶は曖昧で、いまなお錯乱状態にあるらしい。

おそらく、彼は二度と〈聖剣〉を顕現させることはできないだろう。

〈彼も、〈女神〉の声を聞いたのかしら、ね——〉

ミュゼルの所持していた端末は管理局に接収されたが、エルフィーネはこっそり端末を解析し、フィレット社の〈人造精霊《A・E》〉の存在を探った。

しかし〈人造精霊〉の痕跡はあったものの、〈魔剣〉との関係を証明できるものは、なにも発見できなかった。

記事の中では、反帝国派のテロリストに唆《そそのか》された可能性が示唆されていた。

端末を指先で叩《たた》き、記事を閉じると、次のニュースを読み進める。

〈第〇七戦術都市《セヴンス・アサルト・ガーデン》〉の航空探査機が、南西に一五〇キロルほど下った〈瘴気《しょうき》の森〉と呼ばれる大森林で、大規模な〈ヴォイド〉の〈巣《ハイヴ》〉を発見したそうだ。

〈巣〉——学院の教本では、高密度結晶集積体と称される。

虚空の裂け目より出現した〈ヴォイド〉の群体が、周囲の空間を硬質な結晶で覆い尽くし、その結晶の中で休眠状態になる。

〈ヴォイド〉がなぜ〈巣〉を形成するのか、その理由は不明だが、一説によると、その存在を長期間、こちらの世界に固定するためではないか、とも言われている。

ともあれ、大規模な〈巣〉を放置すれば、〈ヴォイド〉はいずれ覚醒し、〈大狂騒〉《スタンピード》を引き起こすことになるだろう。

（……ミーティングの件は、おそらくこれ、ね）

呼吸がわずかに荒くなる。

半年前の記憶が脳裏にフラッシュバックして――

「あ、おはようございます、フィーネ先輩」

と、声をかけられて、エルフィーネはハッと顔を上げた。

「おはよう、セリア――」

階段を降りてきたのは、後輩の少女だ。

窓からこぼれる陽《ひ》を浴びて、白銀の髪が美しく輝いている。

「あら、レオ君は？」

彼女と同室の少年がいないことに気付いて、彼女に訊《たず》ねる。

「起こしに行ったら、部屋がもぬけの空だったんです。もう、どこに行ったのかしら」

ぷんすかと頬《ほお》を膨らませるリーセリア。

「ミーティングの件は伝えてあるんでしょう。時間になったら来るわよ」

「そうですね。レオ君が姿を消すのはいつものことですし――」

「保護者も大変ね」

嘆息する彼女に、エルフィーネは苦笑する。

リーセリアは隣の椅子に腰掛けると、訊《き》いてきた。

「あの……昨日のあれは、なんだったんでしょうか」

「ミュゼル・ローデスの〈聖剣〉のこと？」

「ええ、あれはまるで――」

と、リーセリアは一瞬言い淀《よど》んで――

「――〈ヴォイド〉のようでした」

彼女の桜色の唇が、きゅっと引き結ばれる。

リーセリアは、落ちこぼれと呼ばれながらも、ひたむきに〈聖剣〉を授かるための努力を続けていた。

故郷を滅ぼし、両親を殺した〈ヴォイド〉と戦うための力を欲していた。

そして、ようやく〈聖剣〉の力を発現させることができたのだ。

だが、〈聖剣〉は、彼女の目の前で、おぞましいものに変わった。

その現実は、彼女にとって受け入れがたいものであったに違いない。

「〈魔剣〉、と呼ばれているそうよ――」

「魔剣？」

訝《いぶか》しげに訊くリーセリアに、エルフィーネは〈魔剣〉のことを話した。

〈聖剣〉の進化実験。正体不明の〈人造精霊《A・E》〉が関わっていること、〈魔剣〉の力を得た者は、〈女神〉と呼ばれる存在の声を聞いていること――

ただ、フィレット社の関わりに関しては、口にしなかった。フィレット家をめぐる戦いに、この正義感の強い後輩を巻き込むわけにはいかない。

話を聞きおえたリーセリアは、じっと考え込むように、おとがいに手をあてて、

「以前、〈ハイペリオン〉を襲撃した獣人族のテロリスト達《たち》も、たしか、自分たちの力を〈魔剣〉と呼んでいましたね」

「ええ。本来は人類以外の種族に、星の力が宿ることはないはず、だけど――」

獣人族のテロリストに与えられた、異能の力――〈魔剣〉。

奇妙な符合ではある。それは、ミュゼル・ローデスの〈聖剣〉を〈ヴォイド〉のような化け物に変質させた力と、何か関連があるのだろうか。

「魔剣だけじゃない。人類は、いまだ〈聖剣〉のことさえ、何もわかっていないのね」

〈聖剣〉とは、〈ヴォイド〉の脅威と戦うため、星が人類に与えた奇跡の力。

それが、帝国と〈人類教会〉の教えている公式の教義だ。

だが、本当にそうなのだろうか――？

「とにかく、気を付けてね。魔剣の力に蝕《むしば》まれている学院生は、きっとまだいるわ」

「わ、わかりました」

緊迫した表情で、リーセリアはこくっと頷《うなず》いた。

◆

「気持ちのいい朝ね、レオ」

〈セントラル・ガーデン〉――超高層積層建築物の屋上。

眼下に広がる広大な都市を悠然と見下ろして、ヴェイラ・ドラゴン・ロードは呟《つぶや》いた。

昨日のタンクトップ姿ではなく、肌を大胆に露出した、本来の〈竜王〉の姿だ。

腰まで伸びた真紅の髪が、潮風に吹かれてなびく。

「俺は朝は苦手だ」

「ああ、そうだったわね」

半眼で呟くレオニスに、ヴェイラは肩をすくめて微笑する。

人間の肉体へ転生した今も、朝日に苦手意識のあるレオニスである。不死者の魔王であった頃は、〈死都《ネクロゾア》〉の地下深くに籠もり、石棺の中で眠り続けていたものだ。

第六階梯《かいてい》魔術〈夜魔の帳《ヴィシャル・ノーザ》〉で、空を闇で覆い尽くしたくなるが、この都市は大量のソーラーパネルによる魔力変換をサブ動力としているようなので、そんなことをすれば、都市機能が麻痺《まひ》しかねない。

（……リーセリアは朝が好きなようだが、信じられん）

最高位のアンデッドである〈吸血鬼の女王《ヴァインパイア・クイーン》〉は、日中でも問題なく行動できるのだが、それでも、アンデッドである以上、本来、日の光は好まないはずなのである。

「こんな場所に連れ出して、どういうつもりだ？」

憮然《ぶぜん》として、レオニスは訊《たず》ねる。ドラゴンは高い峰を好む習性があるが、まさか、この景色を見たかったというわけでもあるまい。

「レオの王国、気に入ったわ。アイスクリームも美味《おい》しかったし」

ヴェイラはレオニスのほうを振り向く。

「俺の王国はここだけではない。人類の最重要拠点、帝都〈キャメロット〉、そしてほかの〈戦術都市〉すべてを支配下に置くつもりだ」

「そう、人間の王国には、あまり興味はないけど――」

と、彼女は雲ひとつない蒼空《そうくう》を見上げて、

「あたしは、〈天空城《アズール・フォート》〉を探すわ」

「〈天空城〉だと？　龍神《りゅうじん》に破壊されたのではなかったか？」

意外な言葉に、レオニスは眉を跳ね上げる。

〈天空城《アズール・フォート》〉は、空に浮かぶドラゴンの移動要塞だ。

不死者の魔王の〈封罪の魔杖《まじょう》〉と並び、〈魔王軍〉の恐怖の象徴として恐れられていたが、〈六英雄〉の龍神《りゅうじん》〈ギスアーク〉率いる聖竜の軍勢に攻め滅ぼされた。

「墜落しただけよ。きっとまだ、海の底に眠っているわ。私と共に戦った、無数のドラゴンの戦士達《たち》の骸《むくろ》と一緒に、ね――」

「……竜の戦士を弔うためか」

「ええ。それに、やっぱり、あの〈星〉のことが気になるわ」

はるか空の彼方《かなた》を睨《にら》み据えたまま、ヴェイラは呟《つぶや》く。

「〈天空城〉には、要塞の移動を補助するための天体観測装置《アルマゲスト》がある。その記録を見れば、この一〇〇〇年の間に起きた、星の変化がわかるはずよ」

「星の配置が変わっていることが、それほど重要か?」

「ドラゴンは天空の星を詠《よ》むことで、世界の運命を識《し》るの。星を正しく詠めば、今のこの世界のことが、なにかわかるかもしれないわ」

「――そういうものか」

たしかに、大賢者アラキール・デグラジオスの口にした言葉は、気になるところだ。

――世界は、虚無の星と共に再生する。

〈虚無……〈ヴォイド〉――星の力である〈聖剣〉、か〉

ひときわ強い風が吹き、ヴェイラの長い髪を揺らした。

風が轟々《ごうごう》と渦巻き、彼女の頭に生えた二本の角が急速に成長する。

「古代の遺跡には、虚無の化け物どもが〈巣《ハイヴ》〉を構築するそうだ。気を付けろよ」

あるいは、戦死した古代の竜が〈ヴォイド〉と化している可能性もあり得るだろう。

「レオ、あたしを誰だと思っているの？」

振り向くと、ヴェイラは獰猛《どうもう》な表情で牙を剥《む》いた。

「あたしの城を穢《けが》す奴《やつ》は、すべて駆逐するわ。そして、不遜にもこの〈竜王〉を、虚無の化け物にしようとした黒幕、そいつの腸《はらわた》を引き裂いて、焼き尽くしてやる」

「ああ、すまん。今のは俺が愚かだったな」

〈魔王〉に対して、その身を案じるのは、無礼なことだ。

（……過保護な眷属《けんぞく》に、影響されたのかもしれぬな）

と、レオニスは胸中で苦笑する。

ヴェイラの背中が大きく盛り上がり、二枚の竜の翼が出現した。

「次は、本気の貴方《あなた》と戦いたいものね」

「俺も、次は本来の貴様と戦いたいものだな」

ふん、とレオニスは不敵に笑って言い返す。

「あの吸血鬼の眷属、大事に育てなさい。このわたしに噛《か》みついてくるなんて、なかなか見どころのある奴《やつ》よ」

「言われるまでもない」

真紅の髪が激しい炎を纏《まと》い、ヴェイラの全身を包み込んだ。

炎が激しく燃えさかり、天を衝《つ》くような火柱となったかと思うと、次の瞬間、炎の中から巨大な真紅のドラゴンが現れた。

地上最強の生命体――〈ドラゴン〉の王。

〈魔王〉の一柱――〈魔竜王〉ヴェイラ・ドラゴン・ロードの本来の姿だ。

「……ヴェイラよ、やはり、貴様はその姿が最も美しいな」

グオオオオオオオオオオオオッ――！

〈竜王〉が、巨大な翼を大きく広げ、咆哮《ほうこう》した。

都市防空網のけたたましいアラートが鳴り響く中、真紅のドラゴンは、悠然と〈第〇七《セヴンス・》戦術都市《アサルト・ガーデン》〉の空に飛び立った。

（……騒がしい日々だったが、いなくなると少し寂しい気もするな）

そんな感傷を抱きつつ、水平線の彼方《かなた》へ飛び去る竜を見送る。

と――

「……まるで嵐のようなお方でしたね、竜王様は」

足下の影に、とぷんとさざ波がたち、小柄な少女の顔が現れた。

　おそるおそる、といった様子で、レオニスのズボンの裾を摘《つま》んでいる。

「シャーリ、なにをしていた？」

「も、申し訳ありません、魔王様……その、竜王様と一緒におられたので」

　影の中から顔だけを出し、あたりを見回すシャーリ。

（まあ、無理もないか……）

　レオニスは肩をすくめる。

　彼女は、一〇〇〇年前の〈竜王〉の暴虐を目《ま》のあたりにしているのだ。

　竜の群れを率いて国を滅ぼし、敵対する神々ばかりか、〈魔王〉にさえ戦いを挑む。

　通り過ぎるだけで破壊をもたらす、まさに災厄そのものだった。

（まあ、俺以外の〈魔王〉はだいたいそんなものだが……）

「竜王様、もう戻って来ませんか？」

「安心するがいい。奴は〈天空城《アズール・フォート》〉の残骸を探しに行った」

「そ、そうですか……」

　シャーリはほっと安堵《あんど》の息を吐《つ》くと、すすーっと影の中から姿を現した。

「む、なんだ、その衣装は？」

　と、現れたシャーリの姿を見て、レオニスは首をかしげる。

　普段のメイド服ではない。基本的なデザインはメイド服に似ているが、若木の葉ような新緑色を基調とした、どこか異国風の趣だ。

「あっ、魔王様、お気付きになられましたか?」

シャーリはちょっと嬉《うれ》しそうに、表情をほころばせた。

「普通は気付くと思うぞ」

「いえ、魔王様はお鈍いので——」

シャーリはしれっと言うと、眼下に広がる都市の一角を指さした。

「あの一画、滅亡した〈桜蘭《おうらん》〉の民の住む自治区を調査しておりました」

「〈桜蘭〉——咲耶《さくや》の故郷、か」

……言われてみれば、シャーリの服は、咲耶の改造制服によく似ていた。自治区というのは、獣人族やエルフ族の住む、〈第六セクター〉のようなものだろう。

「あのメイド服では目立ちますので、違和感のないよう仕立て直しました」

シャーリは影の上で、くるくるとターンした。

長い裾が踊るように揺れる。

「……まあ、似合ってはいる」

レオニスがそんな素直な感想を口にすると、

「……~っ、ま、魔王様、もったいなきお言葉」

シャーリは顔を真っ赤にして、恥ずかしそうに俯《うつむ》く。

「お、お土産《みやげ》もございますっ！」

「ふむ？」

シャーリはどこからか、三本の串を取り出した。

串に刺さっているのは、艶のあるカラフルな玉だ。

「なんだそれは？」

「お団子というお菓子です、魔王様」

「ほう」

「どうぞ、おひとつ――」

シャーリが恭しく差し出した串を、レオニスは手に取った。

……もぐ、と頬張《ほおば》る。

もぐもぐ。もぐもぐ。

「うむ、もちもちドーナツと似た食感だな」

「私もそのように感じました」

もぐもぐ。も、ぐ……ぐ……

呑《の》み込もうとしたところで、喉に詰まりそうになり、とんとんと胸を叩《たた》く。

「お茶です、魔王様」

「うむ、気が利くな」

シャーリの差し出した湯飲みを受け取り、喉に流し込む。

レオニスはこほんと咳払《せきばら》いして、

「それにしても、なぜ〈桜蘭《おうらん》〉の調査を？」

「俺が調査を頼んだのだ、マグナス殿――」

と、低い声が聞こえて、影の中から金色の眼《め》の黒狼《こくろう》が姿を現した。

「ブラッカス、どういうことだ？」

「〈桜蘭〉の民はなかなか興味深い。〈聖剣〉とも、太古の魔術とも違う、不思議な力を使う者がいるようだ」

「ほう、それはたしかに興味深いな」

一〇〇〇年前にも、神仙の力など、不思議な力を使う民は存在した。〈鬼神王〉などは、そのような少数民族を配下に引き入れていたものだ。

「〈桜蘭〉の民は、誰もがその力を使うのか？」

「それはまだわからぬ。だが、あの青髪の少女の身体能力も、その力が関係している可能性はある」

ブラッカスは首を横に振り、

「それに、あの民は、〈人類統合帝国〉の人間達《たち》の知らない伝承を継承しているようだ。あるいは、抹消された歴史のことも、なにか掴《つか》めるかもしれん」

たしかに、〈魔王〉と〈六英雄〉の伝説、歴史を抹消したのが、現帝国であるとするなら、帝国の外の民が、その歴史を伝承している可能性はあるだろう。

「……そうか。では〈桜蘭《おうらん》〉に関しては、引き続き調査を続けよ。〈魔王軍〉に有用な人材がいるようであれば、引き込む算段をするがいい」

「承知した――」

「かしこまりました、魔王様」

ブラッカスが頷《うなず》き、シャーリが深々と頭を下げる。

――と、その時。レオニスの端末に通信が入った。

『……レオ君、どこ？　もうミーティングを始めるわよ』

心配そうなリーセリアの声だった。

『朝食は少年の好きなオムライスですよ♪』

と、これはレギーナの声。

「……す、すみません、すぐ行きます」

レオニスはあわてて返事をすると、〈影の回廊〉を起動した。

◆

「……すみません、遅くなりました」

と、寮の玄関口から入ってきたレオニスに、

「レオ君、どこへ行ってたの。心配するじゃない」

過保護な眷属《けんぞく》がめっと声をかけてくる。

朝食の皿の並んだ共有スペースのテーブルには、すでにレオニス以外の小隊メンバー全員が揃《そろ》っていた。

「その、ヴェイラが故郷に帰るというので、お別れを」

言うと、リーセリアはえっと驚いた顔をして、

「そうなの？　それは……ずいぶん急ね……」

「もともと、長く滞在する気はなかったみたいです」

「でも、一人で都市の外に？」

「まあ、彼女は自由な人なので、たぶん大丈夫でしょう」

「そ、そう……」

リーセリアは少し心配そうに眉を寄せるが、
まあ、レオ君の知り合いだものね——と、納得したように小声で呟《つぶや》く。

意外にも、彼女の表情はちょっと寂しそうだ。

案外、あのプールでの勝負で、二人の距離は縮まったのかもしれない。

（ヴェイラも、リーセリアのことを認めていたようだしな……）

「少年、とにかく席に。朝食が冷めてしまいますよ」

レギーナにうながされ、レオニスはテーブルに着く。

バターの塊をのせたふわとろのオムライスに、ほどよく焦げ目のついたトースト。ベーコンとルッコラのサラダ。芸術的なまでのオムライスの完成度に、今日の朝食を作ったのがレギーナであることがひと目でわかる。

なぜか、レオニスのオムライスにだけは、小さな旗が刺してあった。

「これはいりません、子供扱いしないでください」

憮然《ぶぜん》として旗をはずすと、レオニスはオムライスを口に運んだ。

朝食をとりつつ、第十八小隊の緊急ミーティングがはじまった。

「――〈巣《ハイヴ》〉の殲滅《せんめつ》任務、ですか」

「ええ、休眠中の〈ヴォイド〉の群体を、孵化《ふか》する前に叩《たた》く任務よ。場所は南西約一五〇キロル。瘴気《しょうき》の森の地下に、かなり広範囲に広がっている可能性があるわ」

言って、リーセリアは端末のマップを指先で叩く。

〈死の大森林〉、と呼称されたその場所は――

（……〈死都《ネクロゾア》〉の遺跡のある場所ではないか）

レオニスはわずかに眼《め》を見開く。

〈魔王軍〉最後の拠点となった〈死都〉は、十三の階層を持つ、広大な地下迷宮だ。

地上には要塞〈デス・ホールド〉と、〈女神〉ロゼリア・イシュタリスを祀《まつ》る暗黒神殿、濃密な瘴気に覆われた死の大地が広がる。

しかし、それは一〇〇〇年前、〈不死者の魔王〉が君臨していた時代のことだ。

〈デス・ホールド〉は〈六英雄〉と人類の連合軍によって陥落し、地上に露出した遺跡は、深い森に呑《の》み込まれた。

「ちょうど、レオ君を保護した場所の近くね」

「お嬢様と調査したときは、複数の大型〈ヴォイド〉と遭遇しましたね。あの時は、まだ大規模な〈巣〉を構築していた痕跡はありませんでしたけど」

と、レギーナが首を捻《ひね》って呟《つぶや》く。

レオニスが自身を封印した大霊廟《れいびょう》は、地下迷宮の中に存在した。

冒険者や盗掘屋に荒らされぬよう、幾重にも隠蔽の魔術をかけていたが、一〇〇〇年の時の流れの中で、その効力はしだいに失われたのだろう。

そして、彼は偶然、〈ヴォイド〉の調査に来たリーセリアに叩き起こされたのだ。

「この任務に第十八小隊の参加が命じられたのは、正直、そのことも関係しているわ。先行偵察で、ある程度は現地の様子も把握しているし」

「たしかに、データのない場所では、一度でも現地に行ったことのある、先輩たちがいるのは頼もしいね」

と、オムライスの付け合わせのグリーンピースを避《よ》けつつ、咲耶《さくや》が頷《うなず》く。

「咲耶、好き嫌いしては大きくなれませんよ」

「……～っ！」

レギーナに素早く注意され、涙目になる咲耶。

「少年も残しているじゃないか」

「レオ君は子供だから、しかたないわ」

エルフィーネが、レオニスのはしに避けたグリーンピースを引き取る。

「フィーネ先輩、甘やかしすぎはよくありません。レオ君、野菜も食べないとダメよ」

「お嬢様も、かなり甘やかしてるほうだと思いますけど……」

レギーナが小声で突っ込む。

「……わ、わかりました」

グリーンピースを皿に戻しつつ、レオニスは端末に表示された地図に眼《め》を戻す。

赤色の光点で表示されているのが、〈巣《ハイヴ》〉の予測分布だろう。〈デス・ホールド〉のあったあたりを中心に、かなり広範囲に広がっていることがわかる。

（……〈死都《ネクロゾア》〉への帰還か。正直、たいしたものは残っていないだろうが）

〈死都〉はあくまで、一〇〇〇年前に滅びた拠点だ。英雄級以上の貴重なアーティファクトは、すでに〈影の王国〉の宝物庫に移してあるし、破壊された〈デス・ホールド〉には、アンデッドとして使える骨の欠片《かけら》さえ残ってはいないだろう。

故に、これまでは都市の調査を優先させ、敢《あ》えて戻ることもなかったのだが。

しかし、その居城が、魑魅魍魎《ちみもうりよう》どもの〈巣〉となっているとなれば、話は別だ。

そこに残っているのがただの廃墟《はいきよ》だとしても――

あの死の都市は、共に戦った不死者達《たち》の墓標でもあるのだ。

（――愚かな蟲《むし》どもを一掃するにはいい機会だ。塵《ちり》一つ残さず抹殺してくれる）

と、胸中で邪悪な笑みを浮かべるレオニスである。

リーセリアは、作戦に参加する部隊の規模、戦力構成などを一通り説明すると、

「――以上が、今回の任務の説明です。なにか質問は？」

ゆっくりと小隊のメンバーを見回した。

「中隊規模となると、殲滅《せんめつ》任務とはいえ、かなり大がかりな編成ですね」

レギーナが口を開く。

「それも、成績優秀な精鋭揃《ぞろ》い」

「ええ、作戦指揮を執るのは、〈炎獅子《えんじし》〉ライオット・グィネス先輩の第五小隊よ。過剰戦力とは言わないけれど、かなり分厚い体制ね」

頷いて、リーセリアはエルフィーネのほうを向く。

「フィーネ先輩には、中継基地でのバックアップを――」

「いえ、今回はわたしも、現地での作戦に参加するわ」

「――え？」

リーセリアは眼《め》をみはった。

レギーナと咲耶《さくや》も、驚きの表情を浮かべつつ、エルフィーネを見る。

「先輩、でも――」

「大丈夫。そろそろ、前線に戻る頃だって思ったの」

リーセリアの気遣わしげな言葉を遮るように、エルフィーネは言った。

「やっぱり、前線におもむかないと、拾いきれないデータもあるし、実戦の勘も戻らない。失った〈聖剣〉の力を取り戻すには、それしかないと思うわ」

彼女の薄闇色の瞳には、強い決意の光があった。

(……失われた〈聖剣〉の力、か)

エルフィーネの〈天眼の宝珠《アイ・オヴ・ザ・ウィッチ》〉は、優れた索敵能力を持つ〈聖剣〉だ。しかし、以前、彼女がレオニスにしてくれた話によると、それは本来の力ではないらしい。

半年前。彼女は、〈巣《ハイヴ》〉の調査任務中、二人の仲間を失った。

その時のショックで、彼女は〈聖剣〉の力を失ったのだ。

以前、彼女の同行した〈第〇三戦術都市《サード・アサルト・ガーデン》〉の調査任務とは違う。

彼女が〈聖剣〉を失う原因となった、〈巣〉の殲滅《せんめつ》任務だ。

一体、どんな心の変化があったのか――

リーセリアは、エルフィーネの視線を受け止めて、頷《うなず》いた。

「――わかりました。では、今回は同行してください」

◆

「ぐ……う、はあっ、はあっ……はっ、あ――」

最悪の目覚めだった。全身が汗で重く濡《ぬ》れている。

――また、あの日の夢だ。

繰り返される悪夢の中で、彼は何度も後悔する。

部隊の仲間たちを守れなかったことを。

部隊が解散した後、彼は自身を罰するように、〈ヴォイド〉との戦いに明け暮れた。

戦いの中で〈聖剣〉の力を進化させ、更なる力を手に入れるために。

そんなある時、頭の中に声が聞こえはじめた。

――あの〈女神〉の声が。

「隊長、出発の準備が整いました」

「ああ、いま行く」

手の中で燃え上がる、黒く変色した炎を消し、彼は立ち上がった。

第六章　死都

激しい土煙をたて、八台の軍用ヴィークルが、隊列を組んで荒野を走る。

帝国標準時間――一三〇〇《ヒトサンマルマル》。

〈巣《ハイヴ》〉の殲滅《せんめつ》任務に向かう特別攻撃部隊《ストライカーズ・トループス》は、簡易に設置された中継基地を出発し、目的地である〈死の大森林〉に接近していた。

「レオ君を保護した遺跡までは、あと四〇キロルくらいね。〈巣〉が構築されているのは、そこからさらに森の奥へ進んで、三〇キロルの地点よ」

ヴィークルのハンドルを握りつつ、リーセリアが言った。

屋根を開放したオープンカーの助手席には咲耶《さくや》、後部座席のシートには、レギーナとエルフィーネ、そして、その二人に挟まれて、レオニスが身を縮こまらせている。

「少年、狭くないですか？」

「……だ、大丈夫です」

気遣わしげに訊《き》いてくるレギーナに、頰《ほお》をわずかに赤くして俯《うつむ》くレオニス。

なにしろ、石だらけの悪路である。

ヴィークルが跳ねるたび、ふよんっ、と二人の胸が制服越しにあたってしまうのだ。

「ふふ、レオ君、狭かったら、私の膝にすわっていいのよ」

エルフィーネがぽんぽん、とスカートを叩《たた》くしぐさをする。

「へ、平気ですっ！」

「フィーネ先輩、ずるいですよ。わたしも少年を膝にのせたいです」

「しかたないわね。それじゃあ、片膝ずつにしましょうか」

「なるほど。少年、お膝にどうぞ」

「……～っ、ちょ、ちょっと、二人とも！」

運転席のリーセリアが、むーっと頬《ほお》を膨らませて振り返る。

「先輩、よそ見運転は危ないぞ」

咲耶《さくや》がリーセリアの袖を軽く引っ張った。

ヴィークルの車体が大きく揺れ、レオニスの顔は二人の胸にふよんっと挟まれる。

（……～っ、こ、これでは身がもたん）

レオニスがますます身を固くしていると、足下の影がわずかに揺れた。

『魔王様はえっちです……』

「……っ、違う！」

思わず、影の中のシャーリに言い返したレオニスに、

「少年、どうしたんです？」

レギーナが怪訝《けげん》そうな眼《め》を向ける。

「いいえ、なんでもありません……」

「見て、天気が変わってきたわ――」

と、エルフィーネが前方を指さして言った。

荒野の先に広がる、広大な大森林。

立ち上る闇の瘴気《しょうき》が、森の上空を黒々と覆い尽くしている。

〈不死者の魔王〉の呪詛《じゅそ》が、いまなお残留しているのだ。

（……人間どもめ、土地を浄化することを諦め、そのまま放棄したようだな）

「瘴気の濃い場所は、魔力の探知装置がまともに機能しなくなるのよね」

「ええ、通信機も通じにくくなるから、森の中では、各小隊の探査系〈聖剣〉使いと綿密に連携を取らないといけないわね」

呟《つぶや》くリーセリアに、エルフィーネが頷《うなず》く。

「そういえば、咲耶は以前、〈巣《ハイヴ》〉の討伐作戦に参加したことがあるのよね」

「ああ。けど、あの時は、これほどの大部隊じゃなかったよ」

と、咲耶は隊列を組んで走る、周囲のヴィークルに目を配りつつ言った。

「わたしたち以外は、学院の誇る精鋭部隊が多く参加しているものね」

「作戦の部隊編成は、管理局が決めるんですか？」

と、レオニスが訊《たず》ねると、

「ええ、中央で集積した〈聖剣〉のデータを参考に、司令部が作戦目的に応じて決定するの。殲滅《せんめつ》任務は危険度も高いから、小隊の熟練度も加味されるわね」

と、エルフィーネが答えてくれる。

「……なるほど」

「でも、少し妙なのよね——」

「……妙？」

「ええ、部隊の選抜に、少し偏りがある気がするの。もちろん、〈聖剣〉の能力は千差万別だから、ある種の偏りが出るのは当然なのだけれど……」

と、エルフィーネはデータ解析用の端末の画面に目を落としつつ、首をかしげる。

「誰かの意図が入ってるってことですか？」

「……気のせい、だとは思うのだけど」

「〈聖剣〉のデータの比較は〈人造精霊《A・E》〉に任せてるでしょうけど、最終的に選ぶのは司令部ですからね、偉い人たちにも、いろいろ思惑があるのかもしれません。ほら、自分の担当部隊をねじこんで、実戦を経験させるとか？」

「その可能性は、あるわね。いえ、ちょっと気になっただけだから——」

エルフィーネは微笑すると、端末をパタンと閉じた。

◆

暗黒の瘴気《しょうき》の垂れ込める、森の深奥部。

巨大な黒水晶の神殿は、生い茂る樹海に呑《の》み込まれていた。

〈女神〉を祀《まつ》る祭壇は無残に打ち砕かれ、かつての壮麗な外観など、見る影もない。

その祭壇の下に、二つの人影が歩み寄った。

角の生えたフード姿の老人と、白い仮面を着けた青髪の少女だ。

「――これで使い物になるのか」

と、老人の背後で、青髪の少女が訊ねる。

森の中だというのに、その純白の装束には、一点の汚れさえ見あたらない。

「問題ない。託宣を賜る真の祭殿は、〈死都《ネクロゾア》〉の地下深くにある」

ゼーマインは前に進み、黒水晶の壁面に触れた。

ゴゴゴゴゴゴゴゴゴゴ……！

地面が激しく振動し、祭壇の周囲に禍々《まがまが》しい魔力光《マナ・フレア》が溢《あふ》れ出す。

漆黒の祭壇が二つに割れ、その中心に、光の〈門〉が出現した。

「偉大なる〈不死者の魔王〉の魔術じゃよ」

ゼーマインは両手を広げ、〈死都《ネクロゾア》〉の主《あるじ》を賞賛した。

「素晴らしい。一〇〇〇年の時を超えて、いまなおその力を残している」

ゼーマインは光の〈門〉の中に足を踏み入れる。

〈門〉の先に現れたのは、大空洞の中に広がる地底湖だ。

永遠に燃え続ける燭台《しょくだい》の炎が、玻璃《はり》のように透明な湖面を照らし出している。

「ここが〈女神〉の神殿?」

と、少し遅れて、〈門〉をくぐってきた少女が問う。

「神殿は、この地底湖の下じゃ」

ゼーマインは片手を宙に差し伸べると、呪文を唱えた。

と、しわがれた掌《てのひら》に魔力の球体が出現し、どこか違う場所の景色を映し出した。

〈瘴気《しょうき》の森〉を目指して走る、〈聖剣学院〉のヴィークルだ。

「あとは、贄《にえ》となる〈魔剣〉を焼《く》べるのみ」

「肝心の〈不死者の魔王〉の封印体は?」

「レオニス様の封印体は、この〈死都〉の地下深くにおわす。その封印を解けるのは、魔王様ご自身か、〈女神〉ロゼリア・イシュタリス様の呼び声のみ。暗黒神殿を起動し、〈女神〉の呼び声によって、覚醒していただく」

「〈不死者の魔王〉は、最強の魔王と呼ばれた存在。制御することはできるのか?」

「〈竜王〉は、完全な覚醒を待つ前に、人間共が掘り起こしてしまったため、不完全な形で解き放つこととなってしまった。あのようなことにはならぬよ」

ゼーマインはくつくつと嗤《わら》った。

◆

不気味に泡立つ沼地を抜けると、瘴気に満ちた樹海が広がっていた。

〈聖剣士〉の部隊は、樹海の入り口の少し拓《ひら》けた場所にヴィークルを停車させた。

（……懐かしい、恐怖と退廃と、冷たい死の匂いだ）

大地を踏みしめたレオニスは、わずかに口の端を上げて嗤った。

慣れ親しんだ死の気配に心が浮き立ち、思わず、胸いっぱいに空気を吸い込む。

「不気味な場所ね……」

「ええ、任務でなければ、一刻も早く帰りたいです」

しかし、リーセリアたちには、この空気は不評なようだ。

「――これより、部隊を二つに分ける」

と、長身の青年がよく通る声を張り上げた。

レオニスの知った顔だ。たしか、〈聖灯祭〉の〈ホーンテッド・カフェ〉に、フェンリスと一緒に客として来たことがある。

もっとも、そのとき、レオニスは女装させられていたので、彼のほうは今のレオニスに見覚えはないだろうが。

かなりの実力者らしく、この殲滅《せんめつ》任務の総指揮官に任命されたらしい。

（……二つ名は〈炎獅子《えんじし》〉のライオット、か。炎系統の〈聖剣〉だろうな）

ライオットの指示で、部隊は三小隊ずつに分けられた。

部隊の振り分けは彼の独断ではなく、学院の司令部によって決定されたものだ。各部隊はそれぞれ異なるエリアを探査し、〈ヴォイド〉の〈巣《ハイヴ》〉を発見次第、もうひとつの部隊に通達することになっている。

第十八小隊は、ライオット・グィネスの第五小隊、シレジア・ミアの第二十六小隊と行動を共にすることになった。シレジアは希少な治癒の〈聖剣〉の持ち主で、振り分けられた各部隊には、探査系と治癒系の〈聖剣〉使いが、一人はいるようだ。

「よろしくね、レオニス君♪　怖いかもしれないけど、お姉さん達《たち》がいるからねー」

シレジア・ミアは人懐こい笑顔で、レオニスと握手してくる。

「ええ、よろしくお願いします」

子供扱いされてすこしむっとするものの、レオニスは行儀良く挨拶を返した。

「少年はこう見えても、強いんですよ」

「えー、そうなの？」

「はい、それに意外とえっちなんですよ」

「へー、そうなんだ♪　十歳なのに、おませさんだね♪」

「レ、レギーナさん⁉」

あらぬことを吹き込むレギーナに、抗議するレオニス。

そんなやりとりをしている間、エルフィーネたち各部隊の探査系〈聖剣〉使いは、お互いの〈聖剣〉をリンクさせる作業に移る。

樹海の中では、魔導機器である通信端末がまともに使えなくなるためだ。

「――〈聖剣〉のリンクが完了しだい、探索を開始する」

ライオットが静かに口を開いた。

◆

日中にもかかわらず、樹海はまるで夜のように暗い。

渦巻く濃密な瘴気《しょうき》によって、空は曇天のごとく、地上に差し込むわずかな光も、密集した樹木が遮ってしまう。

更に不気味なのは、森の中に、野鳥などの鳴き声がまったく聞こえないことだ。

聞こえるのはただ、進みゆく者の足音と、葉擦れの音だけ。

〈不死者の魔王〉の王国に、生あるものが存在することは許されない。

この環境で生き続けることができるのは、この世界の理《ことわり》を冒涜《ぼうとく》するかのような、あの虚無の化け物どもだけだろう。

エルフィーネの〈天眼の宝珠《アイ・オヴ・ザ・ウィッチ》〉を先行させ、部隊は樹海を進む。

足下の地面に、無数の不死者たちの怨念が渦巻いていることも知らずに——

「すべての生命が死に絶えているわ。まさに死の森ね」

リーセリアが息を呑《の》むように呟《つぶや》き、レオニスの手をぎゅっと握った。

「セリアさん、手は繋《つな》がなくて大丈夫です」

「だめよ、こんなところで迷子になったらどうするの」

リーセリアはくいっと力をこめ、レオニスをひっぱった。

(……俺の庭で迷子になるわけがないだろう)

レオニスは胸中で反論するが、顔は憮然《ぶぜん》としつつも、手は握ったままだ。

そんな二人の様子を見て、別の小隊の少女たちがくすくすと笑った。

「可愛《かわい》い。反抗期かな?」

「レオニス君、お姉さんの言うことは、よく聞くのよ」

「……〜っ!」

レオニスは俯《うつむ》くと、足下の影に念話で話しかけた。

『……シャーリよ、なにか不審な気配はあるか？』

『いいえ、周囲に異常はありません、魔王様』

と、影の中でシャーリが答える。

メイドとしてはポンコツなシャーリだが、暗殺者としての能力は一流だ。

こと索敵に関しては、レオニスの探査系魔術よりも信頼がおける。

ゆえに、今回はブラッカスを拠点の守りに残し、彼女を連れてきたのである。

『ところで、魔王様――』

『なんだ？』

『なにか、お持ち帰りになられるものはありますか？　〈影の王国〉の宝物庫には、まだ少し余裕がありますし、めぼしい魔導具などあれば、私が調べてきますが』

『うむ、そうだな……』

地上の遺跡は見るも無惨に破壊されているが、広大な地下帝国の深層まで、完全に破壊することは不可能だ。ある程度強力な武器や魔導具が眠っている可能性はあるだろう。

しかし、そのほとんどは、レオニスにとってはガラクタ同然だ。

『あえて持ち帰るほどのものは――まて、たしか、ゼーマインの研究所があったな』

『魔軍参謀の〈魔生物研究所〉ですか。ですが、あの場所は――』

『……ああ、俺が閉鎖させた』

魔軍参謀ゼーマイン・ヴァイレル。

魔物を掛け合わせた生物兵器の研究を行っていたが、あまりに卑劣な行いで、魔王軍と女神の名を穢《けが》したため、レオニス自身が粛正した。

最後は〈六英雄〉の大賢者に寝返ろうとした、魔王軍の面汚しだ。

『しかし、奴《やつ》の研究していた魔生物の何体かは、結局見つからなかった』

『今も生きている、と？』

『それはないだろうが、研究の成果は持ち帰ってやろう。いけ好かない配下だが、魔生物に対する情熱は本物だったようだからな』

『かしこまりました、魔王様』

配下のアンデッドだけでは、〈魔王軍〉を再興することはできない。

旧世界の魔物が滅びた今、新たな魔物を作り出せれば、大きな戦力増強になるはずだ。

『──喜ぶがいい、ゼーマイン。貴様の研究は、俺が役立ててやろう』

邪悪な笑みを浮かべるレオニスに、

「レオ君、どうしたの？」

リーセリアは怪訝《けげん》そうな視線を向けるのだった。

◆

樹海の中を更に深く、二時間ほど進んだところで――

「――待って、前方になにかあるわ」

と、エルフィーネが警戒の声を発した。

全員が足を止め、〈天眼の宝珠〉《アイ・オヴ・ザ・ウィッチ》の浮遊するあたりを注視した。

澄んだ水をたたえた、小さな湖があった。

その湖の中に、無数の蔦《つた》の絡み付く、苔《こけ》むした石の巨像が倒れていた。

頭から引き倒されたのだろう、像の半分ほどは水中に埋まり、無惨な姿を曝《さら》している。

頭部の角は砕かれ、両目の部分はえぐるように削り取られている。

「なんです、これ？」

と、レギーナが首をかしげる。

「な、なんだか、不気味な像ね……」

「――うん、見るからに邪悪な感じがするよ」

怯《おび》えるリーセリアに同意するように、咲耶《さくや》が頷《うなず》いた。

「こんな像は、古代史の資料でも見たことがないわ」

と、リーセリアは興味津々《しんしん》な様子だが――

「……」

そんな彼女たちの少し後ろで、レオニスは顔を引きつらせる。

……レオニスはこの巨像に見覚えがあった。

配下のスケルトンに造らせた、〈不死者の魔王〉の像だ。

本来、眼《め》の部分には魔力結晶が埋め込まれ、夜になると光ったのだが、その魔力結晶は削り取られ、持ち去られてしまったようだ。

〈死都《ネクロゾア》〉の決戦の際は、〈生ける石像《リビング・スタチュー》〉として戦い、破壊された。その獅子《しし》奮迅の戦いぶりに、敵軍は本物の〈魔王〉が現れたと誤認し、大混乱に陥ったという伝説がある。

「……趣味が悪いわねー」

「なんか、怖いです……」

「いまにも動きそう」

ほかの隊のメンバーも、口々《くちぐち》に好き勝手な感想を言い始める。

（……っ、お、おのれ……！）

と、内心で奥歯を噛《か》みしめるレオニスに、

『ま、魔王様、私は素敵だと思います！』

シャーリが慰めの言葉を口にした。

『……よ、よい……この者たちには美的感覚がわからぬのだ』

と、寛大な魔王であるレオニスは、鷹揚《おうよう》に頷《うなず》く。

「とりあえず、壊しておきますか？」

と、レギーナが銃の〈聖剣〉を石像に向ける。

「……なっ！」

「少年、どうしたんです？」

急に声を上げたレオニスに、レギーナはきょとんとして首をかしげる。

「壊しちゃだめよ。貴重な古代の遺跡なんだから」

「ぼ、僕もそう思います」

ナイスだ眷属《けんぞく》、と思いつつ、こくこく頷くレオニス。

リーセリアは像の前にしゃがみこんだ。

「……ほら、なにか文字が刻み込まれているわ」

リーセリアが辞書を片手に碑文の文字を読もうとする。

「あら、この文字、どこかで……」

「お嬢様、あとにしたほうが」

「そ、そうね……」

たしなめるレギーナに、リーセリアはこほんと咳払《せきばら》いして立ち上がった。

「このあたりは、キャンプを張るにはちょうどよさそうな場所だな」

ライオットがあたりを見回して言った。

湖の周辺は樹木が少なく、比較的開けた空間になっている。

……おそらく、巨像に宿る魔力が、樹木の侵食を阻んでいるのだろう。

「湖水は、飲めるかどうかはわからないが」

と、彼はしゃがみこんで、巨像の沈んだ湖の水をすくった。

「私の〈聖剣〉で、水質を解析してみるわ」

「ああ、頼む」

〈天眼の宝珠《アイ・オヴ・ザ・ウイッチ》〉を翳《かざ》すエルフィーネに、ライオットが頷《うなず》く。

(……このあたりは、スケルトンの武器庫だったはずだ。おそらく、地底湖の水が長い時をかけて地上に染み出し、湖を形成したのだろう。

この場所に湖などなかったはずだがな)

「水質は、問題ないみたいね。一応、浄化装置を通したほうがいいけど」

「よし、このあたりをひとまず拠点とする。ほかの各部隊に連絡を」

◆

帝国標準時間――一七〇〇《ヒトナナマルマル》。

日が没すると、森は深い暗闇に包まれた。

魔力鉱石を入れたランタンを木の枝に吊《つる》し、小隊ごとに簡易コテージを設営する。

コテージの布地はとても薄いが、中は快適な温度に保たれる、特殊な繊維を使っているようだ。重量も軽いため、楽々持ち運ぶことができる。

（いい加減、慣れてきたつもりだが、文明技術の発展には驚かされるな）

とはいえ、その文明技術の粋である小型情報端末は、ここでは使い物にならない。

精密な魔導機器は魔力の影響を受けるため、濃い瘴気《しょうき》の中では、正常に作動しなくなる。

光源が、レオニスの時代にも使われていた原始的な鉱石ランタンなのも、瘴気の影響をほとんど受けないためだろう。

強い魔力光《マナ・フレア》を放つランタンの横で、リーセリアは必死にメモと睨《にら》めっこしている。先ほど発見した、碑文の解読に夢中のようだ。

碑文を写し取ってきたメモと、革表紙の本を見比べつつ、何かを書き取っている。

（……そういえば、彼女は古代遺跡好きだったな）

彼女が遺跡に興味を持つようになったのは、古代遺跡の研究家であった、クリスタリア公爵の影響らしい。

彼女が遺跡に興味を持たなければ、あの日、地下大霊廟《れいびょう》でレオニスと出会い、眷属《けんぞく》になることはなかっただろう。

熱心にメモを睨《にら》むリーセリアの顔は興奮し、わずかに紅潮している。

そんな彼女の横顔に、思わず見惚《みと》れていると、

「少年、お嬢様の邪魔をしてはだめですよ」

と、レギーナが小声で囁《ささや》く。

「昔から、ああなったらまわりの声が聞こえなくなるんです」

「……そうみたいですね」

レオニスは肩をすくめ、うしろを振り返り、

「……？　レギーナさんは、なにをしてるんですか？」

敷布の上に並んだ鍋や包丁を見て、思わずそう訊《たず》ねた。

「料理です♪」

「レーションが配られましたけど」

軍用のレーションは、乾燥させたフルーツなどを固めた、栄養価の高いバータイプのものだ。リーセリアと出会ったとき、与えられたレーションが美味《おい》しかったので、レオニスのお気に入りだった。

「レーションだと味気ないですし、どんな場所でもお嬢様に温かくておいしい料理を提供するのが、メイドのプライドです」

腰に手をあて、ふふんと胸を張るレギーナ。

「ん、レーションもなかなかおいしいと思うけどね」

「あ、咲耶《さくや》、勝手に食べてはだめですよ！」

もぐもぐ頬《ほお》を膨らませる咲耶から、レーションを取り上げようとするレギーナ。

だが、咲耶は持ち前の素早さで、ひょいひょいと躱《かわ》してしまう。

「……っ、なんですか、その動きは！」

「〈桜蘭《おうらん》〉に伝わる技だよ」

レオニスは肩をすくめると、立ち上がってコテージの外に出た。

コテージの外では、ほかの部隊がキャンプの設営をしていた。

（……〈死都《ネクロゾア》〉の様子を見たかったが、目立つ行動はやめたほうがよさそうだな）

せめて、落ちている骨でも拾いに行くか、と湖のほうへ歩き出す。

湖の底には、使える骨が残っているかも知れない。

◆

「……年代は不明、ね。少なくとも、五百年以上前ということになるかしら」

瘴気《しょうき》の溢《あふ》れる湖の畔《ほとり》で、エルフィーネは取得したばかりのデータを端末に打ち込んだ。

「微弱な魔力反応があるわね。パターンは見たこともないけど……」

水没しかけた巨像の周囲を、淡く輝く光球が飛び回り、映像を記録している。

学院に報告するための探査記録だ。

〈巣《ハイヴ》〉が、古代の遺跡に発生する理由は、未《いま》だに解明されていない。

故にこうした情報の積み重ねが、〈ヴォイド〉の生態の謎を解く、手がかりになるかもしれないのだ。

巨像のデータを取得すると、今度は〈宝珠〉を湖の中に沈める。

目を閉じると、脳裏に水底の映像が映し出された。

めまぐるしく送り込まれてくる、膨大な情報負荷。

常人であれば、すぐに酩酊《めいてい》状態に陥り、頭がパンクしてしまうところだが、最大八個の〈宝珠〉を操る彼女にとっては、たいした負荷ではない。

水中に、苔《こけ》に覆われた石の階段のようなものが見えた。

(……湖の中にも遺跡……いったい、どこまで広がっているの?)

〈天眼の宝珠《アイ・オヴ・ザ・ウィッチ》〉の光が照らし出す範囲の外には、真っ暗な闇が広がっている。

森の地下に、途方もない大きさの遺跡が存在しているのは、間違いないようだ。

(もっと潜って――……!?)

瞬間。エルフィーネの全身を戦慄が駆け抜けた。

暗く濁った水底に、突如、赤く輝く複数の光が生まれたのだ。

喉が引《ひ》き攣《つ》った。
脳裏に浮かんだ映像が消失し、感覚が一気に引き戻される。
（〈聖剣〉が――！）
〈天眼の宝珠〉が消滅する。
と、目の前の湖面に大きな波紋が生まれ――
ザバアアアアアアアッ！
無数の触手を蠢《うごめ》かせる、甲殻類のような化け物が現れた。
「……っ、ヴォイド!?」
データベースに登録されていない、中型〈ヴォイド〉だ。
（まさか、湖の下に〈巣〉が!?）
甲殻の噴出口から瘴気《しょうき》を噴き上げ、座り込んだエルフィーネの脚に触手を巻き付ける。
じゅっ、と焼けるような音がして、鋭い激痛が奔《はし》った。
「……あ、くっ……ううっ……」
エルフィーネは苦悶《くもん》の呻《うめ》きを漏らし、奥歯を噛《か》んだ。
消滅した〈天眼の宝珠〉を再び呼び出そうとするが、〈聖剣〉は顕現しない。
（……どうして!?）
〈ヴォイド〉は触手をうねらせ、エルフィーネを湖に引きずり込もうとする。

「……い、いや……いやあ……」

エルフィーネの喉から、幼い少女のような悲鳴が漏れた。

あの日、目の前で仲間を殺された時の恐怖が甦《よみがえ》る。

「たす、け……助け、て……」

か細い声で呟《つぶや》くエルフィーネ。

だが、虚無の化け物は、その巨大な口腔《こうこう》を開けて――

「――〈炎獄滅呪弾《メル・ジオラ》〉」

ゴオオオオオオオオオオオオオッ！

噴き上がる紅蓮《ぐれん》の炎が、〈ヴォイド〉を一瞬にして消し炭にした。

エルフィーネの脚を掴《つか》んでいた触手は、水面を跳ね、虚空に消える。

「大丈夫ですか、エルフィーネ先輩」

ハッとして振り向くと、

「……レオ……君？」

杖《つえ》を手にした十歳の少年が、茂みの中から出てくるところだった。

◆

「――大丈夫ですか、先輩」

レオニスはエルフィーネのもとに駆け寄った。

（……危ないところだったな）

悲鳴が聞こえたので、急いで来てみれば――

エルフィーネが〈ヴォイド〉に襲われていたのだ。

「……レオ君……うっ――」

起き上がろうとして、彼女は顔をしかめた。

見れば、ストッキングは破れ、ふくらはぎは火傷《やけど》したように黒ずんでいる。

「痛みますか？」

「え、ええ……」

近くの岩に座り込み、こくっと頷《うなず》く彼女。

（……俺は、神聖魔術は使えないからな）

あらゆる魔導を極めた〈不死者の魔王〉も、神聖魔術だけは使えない。

魔王の呪われた手は、癒やすことだけは、決してできないのだ。

「動かないでください、応急手当をします」

レオニスはかがみ込むと、制服の内ポケットから包帯のパックを取り出した。

応急手当の技術は、〈聖剣学院〉の授業で習得済みだ。

あまり手際はよくないが、彼女のふくらはぎに包帯を巻き付ける。

「レオ君、今のは……？」

と、怪物の消滅したほうに視線を向けて、彼女は訊《たず》ねてきた。

「え、ええっと……」

レオニスは口ごもる。

（……しまった。咄嗟《とっさ》に消滅させてしまった）

中型〈ヴォイド〉を一撃で蒸発させたのはまずかったかもしれない。

「その、咄嗟に、先輩を守らなくちゃって、すごい力がですね……」

必死に頭を回転させて、いいわけをしようとするが、
エルフィーネはにっこりと微笑《ほほえ》んでいる。

（……ご、ごまかせてない！）

彼女には、何度も力を振るうところを見られているのだ。

「あの、できれば、秘密にしておいていただけると」

「素直なのね」

「先輩には、隠しても無駄でしょう」

レオニスは肩をすくめた。

「ふふ、わかったわ」

エルフィーネはひとさし指を唇にあてて笑った。

くるくると包帯を巻きながら、レオニスは口を開く。

「湖の中に、〈ヴォイド〉の〈巣《ハイヴ》〉が？」

「ええ……」

と、彼女は頷《うなず》く。

「さっきのは、それほど大きな〈巣〉ではなかったけれど、地下には、かなり巨大な遺跡があるようだから、小規模な〈巣〉がたくさん点在しているかもしれないわ」

「……そうですね」

おそらく、彼女が想像しているものよりも遙《はる》かに広大だろう。

エルフィーネは、水没しかけた像に視線を向けて、

「ここには、偉大な古代王国があったのかもしれないわね」

「偉大な王国も今やこの様です。盛者必衰ですね」

レオニスはそっけなく頷くと、きゅっと包帯を縛った。

「これで応急処置はできました。あとは治癒の〈聖剣〉に任せましょう」

「ありがとう。とりあえず、ライオットに連絡するわ」

彼女は虚空に手を差し伸べて、〈天眼の宝珠《アイ・オヴ・ザ・ウィッチ》〉を起動しようとした。

「あ……」

だが、収束した光球は、手の中であっさりと霧散してしまう。

「どうしました？」

「――〈聖剣〉が、顕現できないの」

彼女は俯《うつむ》いて、唇を噛《か》んだ。

〈聖剣〉の力は、精神状態に大きく影響を受ける。

〈ヴォイド〉に襲われたショックで、心が動揺しているのだろう。

「わかりました。落ち着くまで、少し待ちましょう」

レオニスはエルフィーネの横に座った。

「かっこ悪いわね、お姉さんなのに」

「そんなことは――」

「わたし、まだ〈ヴォイド〉が怖いの」

エルフィーネはぽつり、と呟《つぶや》く。

「第十八小隊に入る前、わたしが別の小隊にいたことは、前に話したわね」

ええ、とレオニスは頷《うなず》く。

彼女は〈ヴォイド〉の〈巣《ハイヴ》〉の哨戒《しょうかい》任務中に、二人の仲間を失った。

そして、本来の〈聖剣〉の力を使えなくなってしまったのだ。

「いつか恐怖を克服して、〈聖剣〉の力を取り戻せると思った。でも、心のどこかでは、

ずっと逃げたがっていた。セリアたちの優しさに甘えていたんだと思う」

「……だから、この任務に参加したんですか」

エルフィーネは短く頷《うなず》いて、

「ええ、わたしの中の恐怖と向き合うために、ここに来た。逃げた先で手に入れられるのは、きっと間違った力だと思うから」

「間違った力？」

「ミュゼル・ローデスはきっと、失った力を取り戻すために、〈聖剣〉を〈魔剣〉に変えてしまった。彼の気持ちは、正直、わからなくはないの。セリアたちがいてくれなかったら、わたしも同じだったかもしれない」

エルフィーネは、自身の手のひらに視線を落とした。

「けれど、わたしはもう逃げたくない。〈ヴォイド〉からも、自分からも――」

彼女の手に、光の粒子が集まり、光球が生まれた。

「もう大丈夫みたいですね」

「ええ」

微笑して、頷くエルフィーネ。

「キャンプまで僕が運びましょう」

「え、レオ君が……ふわあっ――!?」

軽く杖《つえ》を振り、重力制御の呪文を唱えるレオニス。

エルフィーネの身体《からだ》がふわりと持ち上がり、彼女はあわててスカートを抑えた。

「行きましょう」

軽くなった彼女を抱きかかえ、レオニスは歩き出す。

「……ちょ、ちょっと待って……お姫様抱っこは、恥ずかしいわ」

「遠慮することはありませんよ」

「……～～～～～～～～っ！」

レオニスの腕の中で、エルフィーネは顔を赤くした。

◆

その頃――

「この碑文の文字、やっぱり、似ている気がするわ」

簡易コテージの中で、リーセリアは首を捻《ひね》った。

片手にあるのは、クリスタリア公爵が書斎に残した本だ。

どの言語にも似ていない、まるで異世界の言語で記された本。

古代遺跡マニアとしての勘だが――

その言語と、この碑文の言語体系はおそらく一致する。
実際、照らし合わせて、読める部分もあった。
（……そういえば、レオ君のいた場所の扉の文字も、これと同じだったかも）
ふと、思い出した。
あの時は、扉を調べているうちに、勝手に開いたのだ。
（共通する文字を解析にかけて……これは、フィーネ先輩に頼んだほうがよさそうね）
碑文の文字と、手元の本を見比べて、解読のための辞書を作り上げていく。
地道な作業だが、彼女にとっては最も夢中になれる作業だ。
碑文の文字をたどっていると――
「……ア……リア……ええっ、リ、リーセリア!?」
突然、自分の名前が出てきたことに驚き、蒼氷《アイスブルー》の瞳を大きく見開く。
「あ、違うわ。文字に楔《くさび》が打ち込まれるから、音がずれて――」
間違いに気付き、あわてて修正する。
「……ゼリア……ロゼリア、ね。うん」
その名前を口にした途端、なにか、言い知れない不安を感じた。
どこか、遠い記憶の中で、聞いたことがあるような気がする。
リーセリアとロゼリア。

似た響きを持つ、二つの名前。

……いったい、どんな意味があるのだろう？

「あの、お嬢様、そんなに根を詰めると目を悪くしますよ」

振り向くと、レギーナがちょっと呆《あき》れたように肩をすくめていた。

「大丈夫よ、最近、夜目が利くようになったから」

「……どういうことです？」

困惑した表情を浮かべるレギーナである。

最近は〈吸血鬼の女王《ヴァインパイア・クイーン》〉の身体《からだ》にも慣れてきた。

眼《め》に魔力を込めると、まるでナイトビジョンの装備をしたように、暗闇の中でもものがよく見えるのだ。

（……あまり慣れすぎないように、気を付けないと）

リーセリアは、クリスタリア公爵の本をぱたんと閉じた。

コテージの外から、いい匂いが漂ってくる。

「夕飯、できましたよ」

「ありがとう、楽しみだわ」

「せっかく作ったので、ほかの部隊にもおすそわけしますね」

「そういえば、レオ君は？」

「さっき外へ出て行きましたよ。お嬢様、集中してて、ぜんぜん気付いてませんでした」

「そ、そう……」

「遺跡研究に熱中するのはいいですけど、ほどほどに、ですよ」

第七章　夜来たる

レオニスがキャンプに戻ると、鼻腔《びこう》をくすぐるスパイスのいい匂いがした。

「──あ、レオ君！」

と、リーセリアが気付いて、こっちへ駆け寄ってくる。

「どこへ行ってたの？　心配したのよ」

腰を屈《かが》めて、めっと怒るリーセリア。

「すみません……」

「セリア、怒らないであげて。レオ君はわたしを助けてくれたの」

「え？」

と、リーセリアはエルフィーネのほうを見て、気付く。

「フィーネ先輩、その脚……！」

「〈ヴォイド〉に襲われたの。油断したわ」

「だ、大丈夫ですか!?　すぐに治療を──」

「かすり傷よ。それより、ライオットに報告しないと──」

リーセリアの肩をぽんと叩《たた》くと、彼女は第五小隊のキャンプのほうへ足を向ける。

「〈ヴォイド〉と交戦したの？」

「ええ、それほど強力な個体じゃありませんでした」

レオニスは肩をすくめると、すぐに話題を変える。

「セリアさんのほうは、碑文の解読はできたんですか？」

「まだまだ無理よ。学院に帰って、少しずつ進めるわ」

「……そうですか」

レオニスは複雑な表情で頷《うなず》く。

彼女が碑文の解読を進めれば、この〈死都《ネクロゾア》〉の支配者の存在に気付くかもしれない。

（いや、さすがに杞憂《きゆう》か……）

〈聖剣学院〉の図書館で調べた限り、一〇〇〇年前に使われていた魔導文字《ハイ・エルダー》は、この時代には完全に失われた古代言語だ。

対訳の手がかりが失われている以上、解読されることはあるまい。

「あ、少年！　ちょっと、こっちへ来てください」

と、火にかけた鍋の前で、レギーナがくいくいっとレオニスを手招きした。

ぴょんぴょん跳ねるツーテールの髪が、兎《うさぎ》のようだ。

「なんです？」

レオニスが近付くと、

「乾燥肉のスープです。味見してください」

レギーナが鍋のふたをとると、もわっと湯気がたちのぼり、ハーブとスパイスの香りがあたりに漂った。

透き通った琥珀《こはく》色のスープに、肉の脂が溶け込んでいる。

「おいしそうね」

リーセリアが目を輝かせて言った。

「はい、材料はありあわせですけどね。乾燥肉をほぐして、ハーブと一緒に煮てます。味付けは塩と胡椒《こしょう》、特製のスパイスです」

お嬢様に説明しつつ、満足そうに頷くレギーナ。

レオニスもごくっと唾を呑《の》み込んだ。たしかに、食欲をそそる匂いだ。

レギーナはスープを金属製の皿によそうと、ふーふーと冷まし、ほぐれた干し肉の塊をスプーンにのせる。

「少年、口を開けてください……あーん」

「ええっ……」

と、驚くレオニス。

「ほら、早く。冷めちゃいますよ」

「は、はい……」

レオニスは赤面しつつも、しかたなく口をわずかに開く。

……ぱくっ。

口の中で干し肉の繊維がほろりとほどけ、滋味溢《あふ》れるスープがじゅわっと溢れる。

塩気がほどよく効いていて、疲れた身体《からだ》に染みこんでいくようだ。

「どうです？　お塩、効き過ぎていませんか？」

「いえ、ちょうどいいと思います。美味《おい》しいです」

「ふふっ、よかったです♪　じゃあ、もうひと口……あーん」

「……～っ、レ、レギーナだけ、ずるいわ。わたしもレオ君にあげたい」

「はいはい、じゃあ交代であげましょう」

レギーナは肩をすくめると、スープの皿をリーセリアに渡した。

「レ、レオ君、あーん」

「……僕は鳥じゃありませんよ」

憮然《ぶぜん》として言いつつも、レオニスは口を開け、干し肉をついばんだ。

◆

「――なるほど。〈巣《ハイヴ》〉の周辺に、小規模な群生体が点在しているのか」

「ええ、群生体は、〈巣《ハイヴ》〉の中心から同心円状に発生していると考えられるわ」

端末の画面を指差して、エルフィーネはライオットに報告する。

「不用意に中心の〈巣〉を叩《たた》けば、周辺の群生体に取り囲まれかねんな」

ライオットはううむ、と苦渋の顔で唸《うな》った。

「とはいえ、これはまだ仮説よ。レギル小隊は群生体とは遭遇していないようだし」

「わかった。第五小隊で、この周辺を哨戒《しょうかい》することにしよう」

彼は頷《うなず》くと、包帯を巻いたエルフィーネの脚に目を落とした。

「負傷したと聞いたが、大丈夫か？」

「ええ、あとでシレジアさんに治療してもらうわ」

「あの少年が、君を助けたそうだが――」

チラッ、とレオニスのほうへ視線を向けて、

「小型とはいえ、あの年齢で〈ヴォイド〉を倒すとは、見事なものだ」

「そ、そうね……こ、小型だったしね」

エルフィーネはあわてて誤魔化《ごまか》した。

本当は、〈聖剣士〉三人でようやく立ち向かえる、中型の〈ヴォイド〉だったのだが、
彼女は虚偽の報告をした。

理由は不明だが、彼は本当の力を隠したがっているようだ。

く底が知れないのだけれど。

……もっとも、エルフィーネとしても、その本当の力がどれほどのものなのか、まった

「〈聖剣〉は、問題なく使えるか？」

と、ライオットは気遣わしげに訊《き》く。

「ええ──問題ないわ」

エルフィーネは〈天眼の宝珠《アイ・オヴ・ザ・ウイッチ》〉を起動してみせた。

「わたしは、もう逃げない。そのためにここへ来たんだもの」

「──そうか」

君は、強くなったんだな──と、ライオットは苦笑して、

「俺は──まだ……あの日の悪夢の中にいるのかもしれない」

「え？」

「……いや、すまない。忘れてくれ」

ライオットは首を横に振り、第五小隊の集まるコテージを振り返った。

「これより、第五小隊は周辺の哨戒に向かう。すぐに準備しろ」

◆

帝国標準時間――一九〇五《ヒトキユウマルゴ》。

ランタンの明かりの灯《とも》るコテージの前で、レオニスたちは夕食をとった。

「どうぞ、少年」

と、レギーナが干し肉のスープをよそってくれる。

「少年は成長期なんですから、お肉をいっぱい食べてください」

「……はあ、ありがとうございます」

……成長期なのか？

という疑問はさておき、スープはとてもうまい。

携行食の固いパンも、スープに浸せばほどよくやわらかくなる。

近くにいた第二十六小隊の少女たちも、匂いにつられてやってきたので、レギーナはそちらにもスープをわけてよそっていた。

「悪いわね、レーションだけだと味気なくって」

シレジアが言うと、

「いえいえ、お互い様ですよ。フィーネ先輩の怪我《けが》も治療してくれましたし」

レギーナは遠慮なさらず、と首を横に振る。

「哨戒《しょうかい》に出た、第五小隊の分も残してあげてね」

「はい、大丈夫ですよ、お嬢様」

と、レオニスの横に座る咲耶《さくや》が、くいくいっと制服の袖を引っ張り、

「少年、このキノコと、そのお肉を交換しないか？」

こっそり裏取引を持ちかけてくる。

「いいですけど……」

「助かるよ、少年……」

取り引きが成立し、お互いの具材を取り替えようとした、その時だ。

「好き嫌いはだめよ、咲耶。レオ君も、取り引きに応じない」

「そ、そんな……」

リーセリアに怒られ、しゅんとなる咲耶。

ちなみに、具材のキノコはそのあたりに生えていたものだが、エルフィーネがデータを照合し、食しても問題ないという結果が出ている。

瘴気《しょうき》に満ちた死の森でも、植物はたくましく自生しているのだ。

「自然のキノコなんて、都市ではめったに食べられないし、おいしいわよ」

「むー……」

咲耶はぷくーっと頰《ほお》を膨らませつつも、しかたなくキノコを放り込む。

「……む……ふむ、これは意外に……」

……気に入ったようだ。

「それにしても、少し蒸し暑くなってきたわね」

リーセリアが制服の襟を指でひっかけ、片手でぱたぱた仰ぐ。

……チラッと覗《のぞ》く下着に、レオニスはドキッとした。

「そうね。どこかで、水浴びをしたいところだけど……」

頷《うなず》くエルフィーネ。

「あの彫像のある湖は、だめね。また〈ヴォイド〉が現れるかもしれないわ」

「ほかに、水のある場所はないかしら？」

「ちょっと待って、この付近の水場を調査してみるわ」

エルフィーネは、三つの〈天眼の宝珠《アイ・オウ・ザ・ウィッチ》〉を空に投げ放った。

◆

「――さて、お片付けをしましょうか♪」

〈デス・ホールド〉第十一階層――〈死の集積所〉。

シャーリはルンルン鼻歌を歌いつつ、広大な地下の大迷宮の中を歩く。

ひんやりとしてかび臭い、この空気が彼女は好きだ。

彼女の敬愛する主《あるじ》は、この城を気に入っていた。

方向音痴な彼女ではあるが、さすがに、勝手知ったる王宮の中で迷うことはない。
……というわけではなかったが、それほど迷わずに、目的の場所にたどり着いた。
〈デス・ホールド〉の地下宝物殿だ。
宝物は、その種類にしたがって分類され、無数の部屋に保管されている。
「まずは、魔導具の収集と、アンデッド作成用の骨ですね」
この時代において、新たな骨を調達することはなかなか難しい。
大型の魔物の骨などがあれば、主は喜ぶことだろう。
と、宝物殿の扉の前に来たシャーリは、訝《いぶか》しげに眉をひそめた。
通路に巨大な水晶の塊が蔓延《はびこ》り、宝物殿への行く手を塞いでいたのだ。
水晶の中に眠るのは、無数の虚無の怪物――〈ヴォイド〉。
「……これは――」
刹那。侵入者に反応したように、ピシリ、と水晶にひびが入った。

◆

キャンプ地の付近には、ちょうどいい湖は発見出来なかった。
少し離れた場所に、遺跡が崩れて水の溜《た》まった場所があったが、せいぜい水たまりといった程度の大きさで、二人一緒に入ると、ぎゅうぎゅうになってしまう。

「……水浴びをするには、少し不便ね」

エルフィーネが端末の画像を見て、肩をすくめた。

「手を加えて、快適なお風呂にしましょう」

「レオ君、そんなことできるの？」

「まあ、やってみましょう」

レオニスは〈封罪の魔杖《まじょう》〉を手に、森の中へ足を踏み入れた。

レオニス自身、森の中を歩き通しで、汗が気持ち悪かったのである。

（……まったく、不便なものだ。人間の肉体というものは）

樹海の木を焼き払いながら進みつつ、目的の場所へたどり着く。

そこには、画像で見た通り、水の溜《た》まった遺跡があった。

（……もともとは、スケルトンの保管所だった場所だな）

と、おぼろげな記憶にある〈死都《ネクロゾア》〉の地図を思い出す。

レオニスは杖《つえ》をかかげ、呪文を唱えた。

「――〈石像創造《クリエイト・ストーンゴーレム》〉」

ズンズンッ、と崩れた石が持ち上がり、水たまりの周囲に整列する。

「――〈爆裂咒弾《ファルガ》〉」

ズオンッ——！
第三階梯《かいてい》魔術が炸裂《さくれつ》し、水たまりの穴が一気に広がった。
爆発の炎で水が沸き立ち、真っ白い蒸気が噴き上がる。
「……まあ、こんなものか」
即席の風呂にしては、悪くない出来映えだ。
（——さて、一番風呂に入らせてもらうとするか）
レオニスは制服の上着を脱ぐと、木の枝にひっかけた。
ここはレオニスの〈王国〉なのだ。文句はあるまい。
魔術で水を生み出して、温度を調整しつつ、足先からゆっくりと風呂に浸《つ》かる。
「……ふう、生き返るようだ」
肩まで浸かったレオニスは、〈不死者の魔王〉らしからぬ感想を口にする。
石の壁に背をあずけ、木々の葉の隙間から、空を見上げた。
無論、瘴気《しょうき》の渦巻く空に、星は見えない。
（ヴェイラは、今頃〈天空城《アズール・フォート》〉を目指して飛んでいる頃、か——）
そして、レオニスは〈死都〉の中心を目指している。
二人の〈魔王〉は、奇《く》しくも自身の拠点に帰ることになったというわけだ。
と——

「……レオ君？」

レオニスの来た方向から、呼びかける声があった。

「……セリアさん!?」

「あ、レオ君……いた！」

嬉《うれ》しそうに声をはずませたのは、ランタンを手にしたリーセリアだ。

彼女は、湯気のたちこめる風呂を見て、目を見開く。

「すごい……本当に作ったのね」

「はあ……って──な、なんでここに？」

「え、ええっと、それは、ね……」

リーセリアは、恥ずかしそうに頬《ほお》を赤く染めて、

ぱさっ。制服の上着をその場に脱ぎ捨てた。

「……っ!?」

思わず、絶句して固まるレオニス。

すーっ。ぱさっ。ぱっつん……とさっ。

そのまま、彼女は手早く、下着まで脱いでしまう。

「あの、レオ君……着替えを見られるのは、ちょっと恥ずかしいわ」

「……す、すみません！」

レオニスはあわてて顔を背けるが――

（いや、まて、すみませんじゃないだろう！）

ちゃぷん、と闇の中に水音がした。

「……っ！」

レオニスが、そのまま動けずにいると――

白くたおやかな冷たい手が、レオニスを背後から抱きしめる。

「……レオ君、ようやく、二人きりになれた」

「セリア……さん？」

彼女の白銀の髪が、肩にはらりと落ちかかる。

背中にわずかにあたる、胸の感触。

リーセリアは、レオニスの耳もとに顔を近づけて、

「……血、欲しいの。レオ君の――」

ああ、とレオニスは理解する。

（……そういえば、まだだったな）

レオニスが体力を消耗しているように、〈吸血鬼の女王《ヴァインパイア・クイーン》〉である彼女も、多くの魔力を消耗しているはずだ。

長時間にわたる部隊行動で、二人だけになれる機会もなかった。

たしかに、この時間は絶好のタイミング、かもしれない。

「そうでしたね。気付かずにすみません」

レオニスは、彼女が血を吸いやすいように、ほんの少し、項垂《うなだ》れた。

レオニスを抱きしめる腕にきゅっと力がこもる。

「うん、痛くないようにするわね」

リーセリアは、レオニスの首筋をぺろっと舐《な》めて、

「……んっ……♪」

小さな牙を、遠慮がちに突き立てた。

「……あむっ……んんっ……はむっ、ん……♪」

吸血は、痛みを伴わない。甘い疼痛《とうつう》があるだけだ。

「あの、セリアさん……最近、ちょっと欲張りになってませんか？」

レオニスが指摘すると、彼女はあわてて唇を離し、

「……～っ、そ、そんなことないもん……！」

むーっと頬《ほお》を膨らませる。

「レオ君が、わたしの身体《からだ》をこんなふうにしたのに……」

「それについては、認めましょう」

かぷっ。かぷかぷっ。

「……っ、あの、痛いです」

レオニスは顔をしかめた。

普段は優しい甘噛《あまが》みなのに、ちょっとお怒りのようだ。

「レオ君……」

と、いったん噛むのをやめて、眷属《けんぞく》の少女は拗《す》ねたように言った。

「レオ君は、秘密にしてることがある、わよね？」

「……」

「この間の嵐みたいな女の子――」

……ヴェイラのことだろう。

（まあ、気になって当然か――）

レオニスは少し迷って、やがて口を開いた。

「彼女は――僕の旧《ふる》い友で、同じ人の下で戦った、戦友でした」

「同じ人の下で、戦った……？」

「ええ――」

「ひょっとして、レオ君が探してる人って、その……」

本当に勘がいいな、とレオニスは胸中で苦笑する。

聡明《そうめい》な少女だ。それだけに、レオニスの正体に、いずれ勘付くかもしれない。

「僕の大切な人です。どこにいるかは、まだわかりませんが、手がかりのようなものは、少しずつ掴《つか》めてきました。絶対に、見つけ出します」

「そう、わかったわ」

リーセリアは腕を離すと、少しだけ距離をとった。

少し俯《うつむ》いて、口を噤《つぐ》む。

「あのね、レオ君――わたしも、レオ君に話しておかないといけないことがあるの」

「なんですか?」

「この間、あの司祭に襲われた時に、ね――」

彼女が、胸の前で拳をきゅっと握った、その時だった。

『――レオ君、リーセリアも、そこにいるのね?』

と、上空より飛来してきたエルフィーネの〈宝珠〉が、声を発した。

「……っ、フィーネ先輩、どうしたんです?」

『第五小隊の連絡が途絶えたわ』

◆

時は、わずかに遡る――

夜間哨戒《しょうかい》に出たライオットの第五小隊は、キャンプ地から二キロルほど離れた場所で、巨大な遺構を発見した。

地面に大穴が空いており、ランタンで照らしても、底はまったく見えない。

「〈第〇七戦術都市《セヴンス・アサルト・ガーデン》〉のポール・シャフトに似てますね」

と、副隊長のデルクアが言った。

「自然物じゃないのか？　この規模の遺構があるとは」

「地下を調査しましょう。誰かロープを——」

と、デルクアが振り向いた、その時だ。

「……っ……ぐ、おお……おおお……」

ライオットが苦しそうな呻《うめ》き声を漏らし、地面にうずくまった。

「隊長？　どうしたんですか、隊長——」

……様子がおかしい。

デルクアたちは、あわてて駆け寄るが、

「……っ、く……来るなっ……俺から……離れ……ろ……！」

ライオットは絞り出すような声で、仲間を睨《にら》んだ。

「隊長——」

その凄《すさ》まじい剣幕に、第五小隊のメンバー達《たち》は動きを止める。

「……くそっ……声が、聞こえる……〈女神〉の……声――」

歯を食いしばり、両手で耳を塞ぐライオット。

――と、次の瞬間。

「あ……あ、アアアアアッ！」

ゴオオオオオオオオオオッ！

その身体《からだ》が突然、激しい紅蓮《ぐれん》の炎に包まれた。

「……っ、た、隊長、うわあああああっ！」

近くにいたイルマの腕が、その炎に巻き込まれて燃え上がる。

「……っ!?」

ようやく、全員が事態の重大さを察し、同時に〈聖剣〉を起動した。

「や、やむをえん、隊長を取り押さえるぞ！」

鉄球の〈聖剣〉を顕現させたデルクアが、大声で叫んだ。

炎を吹き上げるライオットを、四人の〈聖剣士〉が取り囲む。

ライオットが、巨大な大剣を手に、ゆらりと立ち上がった。

その姿に、あの冷静沈着な青年の面影はもはやなかった。

――オ、オオオオオオオオオオオオオッ！

夜の森に、獣のような咆哮《ほうこう》が響き渡った。

聖剣学院の魔剣使い

Demon's Sword Master
of Excalibur School

第八章　魔剣狂宴

レオニスとリーセリアがキャンプ地に戻ると、空気が騒然としていた。

「レギーナ！」

「あ、お嬢様——と、少年」

リーセリアの呼びかけに、簡易コテージの前にいたレギーナが振り向く。

「お嬢様、どこへ行ってたんです？　髪が濡《ぬ》れてますけど」

「え？　え、ええっと……い、いまはそんなことより、なにがあったの？」

あわてて眼《め》を逸《そ》らし、誤魔化《ごまか》すリーセリア。

（……う、嘘《うそ》が下手すぎる！）

この調子では、彼女が吸血鬼であることも、早々にバレてしまいそうだ。

と、エルフィーネが小走りに駆けてきて、

「第五小隊との交信が途絶えたの。それに、レギルの部隊とも」

「なんですって？」

リーセリアが蒼氷《アイスブルー》の眼を見開く。

「〈天眼の宝珠《アイ・オヴ・ザ・ウィッチ》〉が、突然消滅したわ。まったく反応が返ってこない」

「〈ヴォイド〉と遭遇した?」

「その可能性は高いわね」

エルフィーネは短く頷《うなず》いて、

「でも、二つの小隊が偶然、同じタイミングで〈ヴォイド〉と遭遇するなんて……」

「あの、〈巣《ハイヴ》〉の〈ヴォイド〉が一斉に孵化《ふか》した可能性は考えられませんか?」

訊《たず》ねるレギーナに、エルフィーネは首を横に振った。

「大規模な〈ヴォイド〉の発生があれば、さすがに感知できるはずよ」

「じゃあ、一体……」

――と、その時だ。レオニスは足下に微《かす》かな震動を感じた。

ゴゴ、ゴ、ゴゴゴ……ゴゴゴゴゴゴゴゴゴゴゴゴ……!

揺れはしだいに激しくなり、森の木々が葉擦れの音をたてる。

(……なんだ?)

「地震?」

「いえ、地震ではないと思います」

びくっと怯《おび》えるリーセリアに、レオニスは即答した。

この〈死都《ネクロゾア》〉は、ほとんど地震の発生しない場所に建造したのだ。

十三層にも及ぶ巨大な地下帝国を、わざわざ地震の起きる場所に造る者はいない。

一〇〇〇年の時を経たとはいえ、地盤が変化するわけではないだろう。

だが、現に不気味な揺れは続いている……

「あれはなに!?」

「空が光っているわ!」

と、コテージの反対側で声が聞こえた。

シレジア隊の面々が、木々の枝からのぞく空を指差して騒然としている。

レオニスたちはすぐにそちらへ回り、彼女たちの指差すほうを見上げた。

と——

「……っ、な、なんですか、あれ?」

レギーナがぽかんと口を開けた。

遥《はる》か遠く、森の中心に突如、姿を現した巨大な構造物。

それは、黒い〈ピラミッド〉だった。

その全長は、目測で五〇メイルはあるだろう。

壁の表面で、緑色の魔力光《マナ・フレア》が、複雑な幾何学模様を走らせている。

「古代の……遺跡なの?」

呆然《ぼうぜん》と呟《つぶや》くリーセリアの横で、レオニスは、

(……馬鹿な！　なぜあれが地上に出現している!?)

と、内心で焦《あせ》りの表情を浮かべていた。

レオニスは、あの黒い〈ピラミッド〉の正体を知っている。

あれは、〈死都《ネクロゾア》〉の心臓ともいえる、最も重要な建造物。

〈叛逆《はんぎゃく》の女神〉――ロゼリア・イシュタリスの神託を受けるための神殿だ。

（……何者かが、〈女神神殿〉を起動した、だと？）

レオニスは混乱した。目の前の光景を信じることができない。

〈女神神殿〉を起動できるのは、〈魔王〉だけだ。

それは、〈死都〉の幹部でさえ例外ではない。

〈闇の巫女《みこ》〉イリス、〈冥府の騎士〉シュタイザー、〈黒狼帝《こくろう》〉ブラッカス、〈魔軍大参謀〉ゼーマイン、〈暗黒司祭〉メルギア、〈魔骨将軍〉デルリッチ。

巫女であるイリスと司祭のメルギアは、例外的に、神殿を起動することが許されているが、レオニスの許可なくしては、中に足を踏み入れることもできないはずだ。

あの神殿は、ロゼリアとレオニス、二人だけの神聖な場所なのだ。

（……一体、何者だ？）

レオニスはギリ、と奥歯を噛《か》んだ。

ひさしく忘れていた、身を焦がすような怒りが全身に満ちわたる。

（――俺は寛大な〈魔王〉だが、許せぬことが二つある）

ひとつは、眷属《けんぞく》を傷つける者。

そして、もうひとつは――

（彼女の名を穢《けが》す、あらゆる存在だ――！）

神聖不可侵な女神の神殿に、土足で踏み入った。

その愚行に対する報いは、高く付くことになるだろう。

「……な、何が起きているの？」

と、シレジアがエルフィーネに訊《たず》ねる。

「わからないわ。とにかく、今はライオット達《たち》と合流することが先決よ」

「ええ、そうね……」

「交信を断った二つの小隊は、〈ヴォイド〉と交戦中の可能性があるわ。急いで救援に向かわないと、手遅れになるかもしれない」

リーセリアが全員の顔を見回して、

「部隊を二つに分けて、それぞれ救援に向かいましょう。異議のある人は？」

第十八小隊と第二十六小隊、全員が顔を見合わせ、首を横に振った。

「それじゃあ、決まりね。それぞれの部隊に、戦闘が得意なタイプと、治療のできるタイプを振り分けるわ」

リーセリアは各小隊員の〈聖剣〉の特性を元に、テキパキとチームを振り分ける。

第二十六小隊の上級生は、下級生のリーセリアが指揮を執ることに反発するかと思ったが、意外にも素直に従った。

緊急事態というのもあるだろうが、上級生の間でも、訓練試合などで見せるリーセリアの判断能力が認められつつあるのかもしれない。

（――さすが、俺の眷属だな）

と、内心で密かに誇るレオニスである。

「わたしとフィーネ先輩、レオ君、シレジアさんはライオット小隊。レギーナ、咲耶《さくや》、メルティスさん、ミレアさんはレギル小隊の救援をお願いします。シアさん、シャッドさんは、このキャンプで待機、中継地点の本体と連絡を取って」

「わかったわ」「任せて」

頷《うなず》くシレジア小隊の上級生二人。

だが、

「先輩、僕は一人のほうがいいな」

と、木の陰にいた咲耶が口を開いた。

「咲耶？」

「僕の〈雷切丸《らいきりまる》〉は、加速の〈聖剣〉。僕一人で駆け付けたほうが、圧倒的に速い」

「でも、あなた一人じゃ――」

と、シレジアが声をかけるが、

「悪いけど、足手まといになる」

「なんですって――」

咲耶《さくや》の物言いに、眉をひそめる上級生。

「わ、悪気はないのよ、本当に」

エルフィーネがあわてて取りなした。

リーセリアは少し考えて――

「わかった、今は少しでも時間が欲しいわ。咲耶は先行して――無理はしないでね」

「心得た、先輩」

咲耶は短く頷《うなず》くと、〈雷切丸《らいきりまる》〉を手に、森の中へ駆け出した。

リーセリアは残った面々の顔を見回し、口を開く。

「事態は一刻を争うわ。わたしたちも急ぎましょう」

◆

「ふぉーっふぉ、ふぉっふぉっ、なんとも美しいお姿じゃ――」

地底より出現した、〈女神神殿〉。その麓で――

魔軍大参謀ゼーマインは、喜悦に満ちた笑みを浮かべて空を仰いだ。
本来は足を踏み入れることも叶《かな》わぬ、絶対の聖域。
起動する資格があるのは、〈魔王〉だけのはずだ。
「しかし、ロゼリア様ご自身であれば話は別よ……」
ゼーマインは掌《てのひら》の中で、黒い三角錐《さんかくすい》の物体を弄んだ。
砕け散った、〈女神〉の欠片《かけら》は、眼前の黒い〈ピラミッド〉と相似形をなしている。
その女神の欠片を掲げると――
リイイイイイイイイイッ！
まるで共鳴するように、壁面に変化が生まれた。
緑色の魔力光《マナ・フレア》が縦横無尽に奔《はし》り、空に向かって一条の閃光《せんこう》を放つ。
この〈女神神殿〉は、ロゼリア・イシュタリスの託宣を中継する魔術装置。
〈女神〉の声を、〈魔剣〉に選ばれし者たちに、直接響かせるための――
「覚醒せよ、〈魔剣〉使い。〈不死者の魔王〉復活の贄《にえ》となるがいい――」
狂老の哄笑《こうしょう》が、闇の中に響き渡った。

◆

ヒュンッ、ヒュンヒュンヒュンッ――！
魔力を帯びて輝く、無数の血の刃《やいば》が、森の木々を斬り飛ばす。
リーセリアの〈聖剣〉――〈誓約の魔血剣《ブラッディ・ソード》〉の力だ。
先ほど、レオニスの血を吸血したばかりなので、魔力が切れる心配はないだろう。
「セリア、このまま進んで――」
「わかりました！」
エルフィーネが〈天眼の宝珠《アイ・オヴ・ザ・ウィッチ》〉を手に声を上げる。
周辺に展開した〈宝珠〉と連携し、ライオット隊の進んだ痕跡を追跡する。
レオニスは二人のあとを追いつつ、遠くに見える〈女神神殿〉を睨《にら》み据えた。
(……人類の部隊が現れたこのタイミングで、神殿が起動した)
そして、連絡の途絶えた、ライオットとレギルの部隊。
……偶発的な出来事であるはずがない。
(何者かが、この俺の〈死都《ネクロゾア》〉で、くだらぬ陰謀を企てているようだな)
――暗躍を続ける〈異界の魔王〉の手先、ネファケス・レイザードか？
あるいは、別の勢力が存在するのか？
なんにせよ、愚かな連中だ。
罠《わな》に誘った兎《うさぎ》の群れの中に、偶然にも〈魔王〉がいるなど、夢にも思うまい。

（しかし、シャーリと連絡が取れないのは、少し気がかりだな……）

先ほどから、何度か〈念話〉で呼びかけているが、返事がない。

魔力を遮断する結界のある、第八階層まで降りているのだろうか。

（……暗殺者のくせに、方向音痴だからな）

と、そんな心配をしていると――

「待って……この先に、人の反応があるわ！」

と、エルフィーネが叫んだ。

「はあああああああっ！」

リーセリアが〈聖剣〉を振り上げ、一閃《いっせん》。立ち塞がる木々を斬り払う。

〈天眼の宝珠〉の光が、前方の暗闇を眩《まばゆ》く照らし出した。

と――

「う、うわあああああああっ！」

悲鳴を上げて、拳大の石を手にした男が飛びかかってきた。

「――〈小風弾《ラスバ》〉」

レオニスは咄嗟《とっさ》に魔術を唱え、

「ぐおっ！」

圧縮された空気の塊が、男を吹き飛ばした。

「……っ……ぐ、ううう……」

「敵ですか？」

「待って、彼は第五小隊の――」

エルフィーネが〈宝珠〉の光で照らすと、男は学院の制服を着ていた。

ライオットの部隊の副隊長、デルクアだ。

地面に倒れたまま、ぐったりとしている。

「レオ君、ちょっとやりすぎよ」

「て、手加減はしましたよ」

レオニスは肩をすくめ、杖《つえ》をおろした。

負傷しているようだが、今のレオニスの攻撃によるものでないのは明らかだ。

彼は全身に火傷《やけど》を負っていた。

「わたしが治癒するわ」

同行したシレジアが、球体の形をした治癒の〈聖剣〉の光を彼にあてる。

「なにがあったの？」

と、エルフィーネが腰をかがめて、彼に尋ねた。

「……？　お前たち……ここから、早く逃げろ――」

「どういうこと？」

「ライオット……隊長、が……突然、俺達《おれたち》を……攻撃して……」

「ライオットが？　まさか――」

「本当だ。隊長の〈聖剣〉が、暴走……して……」

「暴走……」

エルフィーネがハッと眼《め》を見開く。

「まるで……〈ヴォイド〉のように禍々《まがまが》しい……姿に……」

男の声は、恐怖に震えだした。

「部隊のほかの人たちは？」

と、リーセリアが周囲を警戒しつつ、訊《たず》ねる。

「……ガゼッタとイルマは、隊長の焔《ほのお》に〈聖剣〉を喰《く》われた。ブルスラは……どうなったかな、俺と一緒に……逃げたはず、だ、が……」

それだけ告げると、男は力尽きたようにぐったりと倒れ込んだ。

「ちょ、ちょっと、大丈夫!?」

「ええ、気を失っているだけよ。治療を続けるわ」

「お願いします」

シレジアに頭を下げて、エルフィーネは立ち上がった。そして、

「〈魔剣〉……」

と、蒼白《そうはく》な顔で呟《つぶや》く。

「まさか、ミュゼル・ローデスと同じ？」

「……ええ、〈聖剣〉の暴走……間違いない、と思う」

訊《たず》ねるリーセリアに、エルフィーネは声を震わせて返答する。

「そんな……どうして、ライオット先輩が？」

「彼は〈執行部〉で、〈魔剣〉にまつわる事件を調査していたわ。その時に、触れてしまったのかもしれない。〈女神〉の声に——」

「〈女神〉の声？」

レオニスは思わず、反応した。

だが、エルフィーネはとくに不審には思わなかったようだ。

「〈聖剣〉を暴走させて、治療施設に担ぎ込まれた人たちが証言しているの。〈魔剣〉の力を、〈女神〉に授かった、って——」

「……女神が、〈魔剣〉を授ける……？」

レオニスは呟くと、振り向いて、女神神殿のほうへ視線を向けた。

あれは、ロゼリア・イシュタリスの声を、地上に降ろすための魔導装置——

（……っ、まさか、あの〈女神〉の託宣を聞いたのか……？）

否《いな》、そんなはずはない。叛逆《はんぎゃく》の女神は一〇〇〇年前に討ち倒され、その魂はこの時代に転生しているはずなのだ。

しかし——

（……っ、何者かが、〈女神〉の名を騙《かた》っているというのか）

レオニスは〈封罪の魔杖《まじょう》〉をかかげ、呪文を唱え始めた。

「レオ君、どうしたの？」

「あの神殿——ピラミッドを見てきます。セリアさんたちは、ここにいて下さい」

「え、ちょっと、レオ君!?」

リーセリアがあわてて呼び止めるが——

レオニスは重力制御の魔術で空に飛び上がると、空中を蹴って加速した。

◆

闇に呑《の》まれた樹海を、青白い雷光が突き進む。

閃《ひらめ》く無数の斬光。

風を切る音と共に木々が次々と倒れ、空気の焼ける匂いが漂う。

〈迅雷〉——常識を超えた加速の力を付与する、咲耶《さくや》の〈聖剣〉の能力だ。

目指す場所は、レギル小隊が消息を絶った場所だ。

森の中での追跡は、〈桜蘭《おうらん》〉の剣士にとって、そう難しいことではない。
それに――
（……匂いがする）
生物の匂いではない。虚無の気配だ。
咲耶《さくや》は立ち止まり、〈雷切丸《らいきりまる》〉を構えた。
慎重に、あたりを警戒するように見回す。
と――
「……聖剣……ノ力……」
「……オ、オオオオオ……力……力ヲ、ヨコセ……」
暗闇の奥に、二人の人影が現れた。
（――手遅れ、だったか）
咲耶はわずかに顔をしかめ、首を振った。
第二十一小隊の〈聖剣士〉だ。
虚《うつ》ろな眼《め》で近付いてくる彼らは、明らかに理性を失っている。
その〈聖剣〉は禍々《まがまが》しく変質し、〈ヴォイド〉のような瘴気《しょうき》を垂れ流していた。
「〈魔剣〉、か――」
咲耶は〈雷切丸〉を構えたまま、一歩、下がった。

「探していたものと、こんなところで会えるとはね。けど――」

「――アアアアアアアアアアアアアアア！」

一人が咆哮《ほうこう》を上げ、爪のような〈聖剣〉を振り下ろした。

咲耶は、裂帛《れっぱく》の呼気と共に、刀を一閃《いっせん》。

雷撃が閃《ひらめ》いたかと思うと、巨大な爪の聖剣が砕け散る。

絶叫をほとばしらせ、地面にうずくまる聖剣士。

「話ができる状態では、なさそうだね――」

素早く立ち位置を変え、もう一人の〈魔剣〉使いを警戒する。

否《いな》、もう一人――ではない。

咲耶の背後に、新たな気配が生まれた。

第二十一小隊の隊長、レギル・デュスカだ。

鞭《むち》のような〈聖剣〉を下げ、幽鬼のような足取りで、近付いてくる。

「〈聖剣〉を喰《く》ったのか――」

咲耶は訊《たず》ねるが、無論、返事はない。

もう一人の〈魔剣〉使いと、挟み込むように、じりじりと距離を詰めてくる。

咲耶はしかたない、と肩をすくめると、スッと〈雷切丸〉の切っ先を向けた。

「レギーナ先輩たちが来るまでに、片を付けさせてもらうよ」

その刃《やいば》が黒く闇の色に染まり、咲耶《さくや》の腕から瘴気《しょうき》が漏れ出した。

先ほど、仲間を足手まといと発言したのは、彼女の本意ではない。

本当は、この姿を見られたくなかったからだ。

「魔剣〈闇千鳥〉――」

目の前の少女の変化に、〈魔剣〉使いたちが戸惑いを見せる。

本能でわかったのだ。それが、彼らの〈魔剣〉よりも、遥《はる》かに強大なものであると。

「――先輩達《たち》が来る前に倒させてもらう」

咲耶の冷徹な声が、夜の森に静かに響く。

◆

空中に浮かんだレオニスは、巨大な〈女神神殿〉を睥睨《へいげい》した。

「〈死都《ネクロゾア》〉の支配者、〈不死者の魔王〉――レオニス・デス・マグナスが命じる。神殿よ、速やかに門を開け！」

バッと手を伸ばし、大声で命令する。

「……」

だが、黒い〈ピラミッド〉には、なんの変化もない。

（……っ、駄目か……！）
……なんとなく、そんな予感はしていた。
この〈女神神殿〉は、〈不死者の魔王〉以外には、決して扱うことはできない。
そのように設計したのは、ほかでもない、レオニス自身だ。
十歳の子供に転生した今のレオニスを、〈魔王〉と認識するかは、正直疑問だった。
（……～っ、なんと融通の効かぬ装置だ！）
苛立《いらだ》ったレオニスは、〈封罪の魔杖《まじよう》〉を神殿に向けた。
「門を開けよ、第八階梯《かいてい》魔術――〈極大消滅火球《アルグ・ベルゼルガ》〉！」
ゴオオオオオオオオオオオオオオンッ！
レオニスの放った火球が炸裂《さくれつ》し、凄《すさ》まじい爆発音が鳴り響く。
空を焦がす紅蓮《ぐれん》の炎。大気がビリビリと震え、夜の森に火の粉が舞い散る。
炎に対して耐性を持つ赤竜さえ、一撃で消し炭にする、炎系統最強の呪文である。
しかし――
「……っ、無傷……か」
ピラミッドの壁面には、傷一つ付いていない。
女神神殿は、レオニスの生み出した最強の構造物だ。
〈死都〉を滅ぼした人類も、結局、破壊することは叶《かな》わなかった。

「……時間がかかりそうだが、しかたあるまい」

嘆息して、レオニスはふたたび呪文を唱えはじめる。

今度は、火球が三つ。第八階梯《かいてい》魔術の三重詠唱《トライ・チャント》――

が、その時。ピラミッドの頂点が、激しい魔力の光を放った。

「……なに!?」

暗雲を貫き、天を衝《つ》く一条の閃光《せんこう》。

その光が空中で分裂し、レオニスめがけて降り注ぐ。

ズオオオオオオオオオオオオオオンッ!

「――〈力場の障壁《ルア・メイレス》〉!」

レオニスは咄嗟《とっさ》に防御魔術を展開するが――

(……っ、神殿の自動防衛機構、か……!)

これも、レオニスが組み込んだものだが、無論、これまでレオニス自身にその機構が働くことはなかったため、完全に失念していたのだ。

ズシュンッ! ズシュンッ、ズシュンッ、ズシュンッ!

天空より、嵐のように降り注ぐ閃光。

(……〈力場の障壁〉では、耐えきれん!)

あの閃光は、一〇〇〇年前の〈不死者の魔王〉が、魔力結晶に込めた魔力そのものだ。

子供の身体《からだ》に転生し、魔力の容量が減った今のレオニスでは、力負けしてしまう。
魔力の嵐に圧倒され、レオニスは地上に墜《お》とされた。
(我ながら、なんという魔力だ……！)
胸中で自画自賛しつつも、余裕はない。
〈力場の障壁〉の障壁が打ち砕かれれば、人間の肉体など一瞬で粉々になるだろう。
「ならばっ――〈極大重波《ヴィラ・ズオ》〉！」
レオニスは重力系統の第八階梯魔術を、足下に向けて放った。
あたり一帯の大地が大きく歪《ゆが》み、巨大なクレーターを形成する。
ズウウウウウウウウウウウウウウウンッ！
地面が一気に崩れ、レオニスは奈落へ落下した。
真下にあるのは、広大な〈死都《ネクロゾア》〉の地下遺跡だ。
降り注ぐ閃光が、地上で大爆発を引き起こした。
だが、女神神殿の防衛機構は、〈死都〉を攻撃することはない。
(……ひとまず、なんとかなったか)
危うく、自分自身の造った防衛機構に滅ぼされるところだった。
重力制御の呪文を唱え、レオニスはゆっくりと降下する。
地面に降り立つと、〈封罪の魔杖《まじよう》〉に光を灯《とも》し、あたりを照らした。

──と

「な……！」

広大な地下空間。そこに──

結晶体に封じられた、無数の化け物の姿があった。

「ここが、〈ヴォイド〉の〈巣《ハイヴ》〉の中心か──」

何百、何千体はいるだろう。

これが一斉に孵化《ふか》すれば、〈第〇七戦術都市《セヴンス・アサルト・ガーデン》〉は壊滅しかねない。

「──俺の〈死都《ネクロゾア》〉に蔓延《はびこ》るとは、図々しい奴等《やつ》だ」

レオニスは苦々しげに呻《うめ》く。

すぐにでも駆除したいところだが、今は神殿を起動した者を探すのが先だ。

その時──

「ほぉ……何事かと思えば、人間の餓鬼が一匹、紛れ込んだか」

「……っ⁉」

暗闇の奥で、愉快そうな老人の声が聞こえた。

◆

「……あの光は、なに⁉」

エルフィーネがハッと顔を上げた。

ピラミッドの頂点から射出された光が、無数の閃光《せんこう》となって地上に降り注いだのだ。

「レオ君……」

リーセリアが、その光を不安そうに見つめて呟《つぶや》く。

だが、彼女がここを離れるわけにはいかなかった。

デルクアの治療が終わるまでは、ここを動くことはできない。

（いまここを守れるのは、わたしだけ――）

レオニスはきっと、眷属《けんぞく》である彼女を信頼して、ここに残したのだ。

リーセリアは、〈魔剣〉に魂を蝕《むしば》まれた、ミュゼルのことを思い出した。

彼の〈魔剣〉でさえ、不特定多数の人間を一斉に操るほどの力を持っていた。

〈炎獅子《えんじし》〉と呼ばれた、エース級〈聖剣士〉の〈魔剣〉は、どれほどのものなのか――

「けど、ライオット先輩ほどの人が、どうして……」

ぽつり、と漏れたそんな呟きに、

「彼が、〈魔剣〉の力を求めた理由は、わかる気がするわ」

エルフィーネは言った。

「自分を一番責め苛《さいな》んでいたのは、彼だった。あの日、二人を守れなかったことをずっと後悔して、自分を罰するように、戦いの中に身を置き続けた。けれど、彼が望む力、すべてを守ることのできる力は、そこにはなくて――」

と、エルフィーネはそこで口をつぐんだ。

ゴオオオオオオオオオオオオオッ!

燃えさかる紅蓮《ぐれん》の炎が、目の前の樹海を焼き払う。

炎を全身に纏《まと》い、灼熱《しゃくねつ》に燃える大剣を手にした男が、姿を現した。

「……オオオ、オ……アアアアアアアッ!」

「――ライオット!」

叫び、エルフィーネは立ち上がる。

「セリア、サポートするわ」

「助かります。シレジア先輩、デルクアさんを安全な場所へ――」

「……っ、わかった」

背後で答える声を聞きつつ、リーセリアは〈誓約の魔血剣《ブラッディ・ソード》〉を構える。

「オオオオオオオオオッ!」

獣のような咆哮《ほうこう》を上げて、ライオットは〈魔剣〉を振り下ろした。

◆

「なんじゃ、ただの餓鬼か。はぐれて迷い込みでもしたか？」

暗闇の中で怯《おび》える少年を見て、不死者《アンデッド》の老人は喜悦に満ちた嗤《わら》いを漏らした。

ローブの裾を引きずり、獲物を嬲《なぶ》るように、ゆっくりと近付く。

「な……なんなんだ、ここは……お前は一体？」

レオニスは足を恐怖に震わせ、あとずさった。

「ここは、かつて〈魔王〉の支配した都。今は虚無の巣と成り果てたがのう」

「〈ヴォイド〉の巣……まさか、これが全部？」

「その通り。そして、この〈ヴォイド〉を統べる王は、まもなく復活する」

「ヴォイドの王……〈ヴォイド・ロード〉!?」

レオニスはまた一歩下がり、背後が壁であることに気付く。

「そう、お前達《たち》の〈聖剣〉は〈魔剣〉となり、王を復活させるための贄《にえ》となる」

メキッ……メキメキメキッ……！

ゼーマインの背中が不気味に盛り上がり、六本の腕が出現する。

ヒュンッ――！

その腕の一本が伸びて、レオニスの細い首をわしづかみにした。

「……っ……くっ……！」

「〈不死者の魔王〉レオニス・デス・マグナスを、〈虚無〉の王として、この世界に甦《よみがえ》らせるのじゃよおおおおおっ！」

「ま……お、う……だって？」

喘ぐように腕を伸ばし、レオニスは喉から声を振り絞る。

「……お前は……一体……なにを、する気なん、だ……」

「ふぉっふぉっ、死にゆく者に教える必要はあるまい——」

レオニスの首を掴《つか》んだ爪が、皮膚に鋭く食い込んだ。

「……っ、ぐ……あ……ああ……あ……」

懸命に振りほどこうと暴れるが、蜘蛛《くも》のような腕はぴくりとも動かない。

「どうしたどうした、もう少し楽しませてくれ。わしはな、人間の死ぬ間際の悲鳴が堪《たま》らなく好きでな。とくに無垢で純粋な、人間の子供の悲鳴はのう——」

老人の顔が喜悦に歪《ゆが》み、けたたましい哄笑《こうしょう》がほとばしる。

鋭い爪が、更に食い込んで——

「ほう、無垢で純粋、か」

少年の喉から漏れた、ほの昏《ぐら》い失笑に——

「……っ、な、なに!?」

ゼーマインは目を見開く。

「……く、くくく、く……くく……」

首を掴まれたまま、レオニスは愉快そうな忍び笑いを漏らした。

「べらべらとよく喋《しゃべ》る奴《やつ》だ。そろそろ、笑いを堪《こら》えるのが難しくなってきたぞ」

「き、貴様、一体!?」

「五月蝿《うるさ》い。汚い手で俺に触れるな──」

ザンッ！

レオニスの足下の影が鞭《むち》のようにしなり、蜘蛛のような腕を一瞬で斬り墜《お》とした。

「……っ、グアアアアアアアッ、う、腕がっ、わしの腕がああああああっ！」

絶叫をほとばしらせ、地面をのたうちまわる魔軍大参謀。

その無様な姿を見下ろして──

「すまんな。もう少し続けてもよかったんだが──」

レオニスは冷酷に嘲笑《あざわら》った。

「茶番はここまでだ。ゼーマインよ、なぜお前がここにいる？」

第九章　不死者の魔王

Demon's Sword Master of Excalibur School

「……オオ、オオオ……オオオオオオオッ！」

闇を焦がし、炎を噴き上げる大剣が振り下ろされる。

リーセリアは〈誓約の魔血剣《ブラッディ・ソード》〉を奔《はし》らせ――

『――セリア、回避して！』

「……っ！」

リーセリアは咄嗟《とっさ》にバックステップ。後方に大きく跳躍する。

直後、大地が爆発した。

ズオオオオオオオオオオオオオンッ！

炸裂音《さくれつおん》。爆発と共に土煙が舞い上がり、彼女の視界を覆った。

炎が轟々《ごうごう》と燃え、周囲の風を巻き込んで旋風となる。

刃《やいば》で受けていれば、あの爆風に巻き込まれていただろう。

〈炎の〈聖剣〉に、あんな力まで――！〉

リーセリアは、小隊同士の対抗試合に勝ち抜くため、ほかの小隊の〈聖剣士〉――とくにエースクラスの〈聖剣〉のデータは頭に入れている。

〈炎獅子《えんじし》〉のライオットの〈聖剣〉――〈紅蓮剣《プロミネンス・ソード》〉。

彼の大剣は、数多《あまた》の〈ヴォイド〉を滅ぼしたが――

あのように、大地を爆発させるような能力ではなかったはずだ。

『セリア、彼は仲間の〈聖剣〉の能力を取り込んでいるわ』

立ちこめる土煙の中に〈宝珠〉が現れ、エルフィーネの声を発した。

「〈聖剣〉を……取り込んだ？」

「ええ、信じられないけど……あの〈魔剣〉は――」

〈宝珠〉の周囲に光の文字列が現れ、高速で回転しはじめる。

ライオットの〈魔剣〉の能力を、解析しているのだ。

『ガゼッタの〈爆裂拳《フレア・ボム》〉、それに、イルマの能力を――』

ズオオオオッ――――！

空気を引き裂いて、火炎の大剣が眼前に迫る。

直感で回避。熱に炙《あぶ》られ、焦げた髪がはらりと宙を舞う。

あの炎は致命的だ。不死者の肉体は、魔力のある限り再生することができるが、炎による傷を治すには、かなり時間がかかる。

「はああっ！」

脚部に収斂《しゅうれん》した魔力を解き放ち、リーセリアは剣尖《けんせん》を突き込んだ。

が、ライオットは大剣を素早く振り抜き、あっさり攻撃を弾《はじ》いてしまう。
(……強い!)
距離を取りつつ、リーセリアは胸中で呟《つぶや》く。
リーセリアは、幼少の頃より、正統の騎士の剣を学んできた。
最近の訓練では、スケルトンの剣士アミラスに稽古を付けてもらっている。
それでも、ライオットとの間には、まだ絶対的な技倆《ぎりょう》の差があった。
彼と互角に戦えるのは、咲耶《さくや》くらいのものだろう。
(……やむを得ない、わね——)
自身の腕を浅く切る。赤い血が地面にしたたり落ちた。
その血が、螺旋《らせん》を描いて、彼女の肢体を包み込む。
次の瞬間。リーセリアは、赤い華のようなドレスを身に纏《まと》っていた。
——〈真祖のドレス〉。レオニスに与えられた、〈吸血鬼の女王《ヴァイインパイア・クィーン》〉の専用装備だ。
白銀の髪が魔力を帯びて輝く。凄《すさ》まじい力の奔流が、彼女の身体《からだ》を満たしていく。
だが、この装備は、身体能力の爆発的な強化と引き換えに、莫大《ばくだい》な魔力を消耗する。
今のリーセリアには、まだ使いこなせない代物《しろもの》だ。
(もって、四十秒——一気に決着をつける!)
地を蹴って、リーセリアは踏み込んだ。

炎の大剣の柄を狙い、神速の一撃を放つ――！

が、〈誓約の魔血剣《ブラッディ・ソード》〉の刃《やいば》は、ライオットの振り上げた剣に弾《はじ》かれた。

「くっ――！」

「オオオオオオオオオオッ――！」

ほとばしる咆哮《ほうこう》と共に、振り下ろされる大剣。

ズオンッ！　ズオンッ、ズオンッ！

大地が震動し、激しい爆発が連続して発生する。

（……っ、〈爆裂拳《フレア・ボム》〉の能力……！）

爆風を魔力で相殺し、リーセリアはライオットの頭上に跳び上がった。

「――〈血陣縛鎖《ブラッド・チェイン》〉！」

魔力を帯びた血が、鎖となってライオットの全身を縛り上げる。

「はあああああああっ！」

〈誓約の魔血剣〉を振りかぶり、〈魔剣〉を振るう腕を狙う。

リーセリアの突き立てた〈聖剣〉の刃が、肩を抉《えぐ》った。

ライオットを殺すわけにはいかない。

（……〈魔剣〉を、破壊する！）

刃を振り抜き、ふたたび振り下ろす。と、その刹那――

ゴオオオオオオオオオオッ！

ライオットの全身が激しく燃え上がる。

「なっ――!?」

『セリア、離れて！　その〈魔剣〉は――』

リーセリアの全身が炎に包まれた。

◆

「おのれ、おのれ、わしの腕がああああああっ！」

腕を切り落とされたゼーマインの悲鳴が、地下空洞に響き渡った。

「餓鬼がっ、許さんぞ……手足を切り落とし、〈魔剣〉に喰《く》わせてくれる！」

老人の背中から生えた残り五本の腕が一斉に、蛇のように鎌首をもたげる。

「ふん、相手の姿で侮る、か。自慢の頭脳もたいしたことがないな」

レオニスは、先ほどまでとは打って変わった、尊大な態度で嘲笑《あざわら》う。

「きえええええええええっ！」

蜘蛛《くも》のような腕が、レオニスめがけて放たれた。

「学習しろ、愚か者――」

ヒュンッ、ヒュンヒュンッ、ヒュンッ！

足下の影から出現した闇の刃《やいば》が、すべての腕を瞬時に斬り飛ばす。

「……っ、が……あ、あああああああああっ！」

絶叫し、のたうちまわる老人を、レオニスは冷酷に見下ろした。

「まあ、無理な話か。なにしろ、貴様は合成生物の研究しか能がなかったからな。戦場での献策も、俺の理念とはほど遠い、卑劣なものばかりで、まったく使い物にならなかった。俺の眷属《けんぞく》は齢《よわい》十五の小娘だが、お前などよりもよほど聡《さと》いぞ」

「……う、ぐうう……なん、だ……貴様、一体――」

ゼーマインの目に、怯《おび》えの色が浮かんだ。

ようやく、目の前にいるのが、ただの子供ではないことに気付いたようだ。

「さて、遊びはこのあたりで……む？」

と、レオニスは足を止めた。

ゼーマインが、呪文の詠唱をはじめたのだ。

「闇の炎よ、その暴威を以《もっ》て我が敵をっ――滅ぼせええええええっ！」

ズオオオオンッ！

爆発。閃光《せんこう》が溢《あふ》れ、地下空洞が激しく震えた。

「き、きひ、ひ……人の器を超えた、第六階梯《かいてい》魔術じゃ、肉片さえも――」

「ふん、長々と詠唱をして、この程度か」

「な、に……!?」

煙が晴れたそこに――

影の障壁に守られ、レオニスは平然と立っていた。

学院の制服には、煤《すす》ひとつ付着していない。

〈炎滅呪弾《メル・ジオラ》〉は俺の開発した魔術だが、そんなに弱い威力だったか？」

「な、んだ……」

ゼーマインはあとずさった。

「なんだ、なんだなんだ、なんなのだ……貴様は……」

「やれやれ、まだ気付かぬとは。まったく、度しがたいほどの愚か者だな」

レオニスは肩をすくめると――

足下の影から、〈封罪の魔杖《まじよう》〉を取り出した。

「これを見れば、貴様でも理解できるか？」

「ば、馬鹿なっ……そ、その杖《つえ》は、あの御方《おかた》の……！」

ゼーマインが目を見開く。

「――俺が、貴様の甦《よみがえ》らせようとしている、〈不死者の魔王〉だ」

カツン、と〈封罪の魔杖《まじよう》〉の柄を地面に打ち付ける。

そして──

「──〈炎滅呪弾《メル・ジオラ》〉！」

放たれた紅蓮《ぐれん》の業火球が、ゼーマインのすぐ横をかすめ、その背後で爆発した。

ズオオオオオオオオオオオオオオオオオオンッ！

地底湖の水が一気に蒸発し、水底にある〈ヴォイド〉の〈巣《ハイヴ》〉が剥《む》き出しになる。

背後に生まれたクレーターを見て──

「あ……ああ……あ……」

ゼーマインはその場に尻餅をつき、膝をガタガタと震わせた。

わざと外したことには、さすがに気付いたようだ。

「ば、ばか、な……嘘《うそ》……じゃ……そんなことが……」

「うん？」

「あり得ぬ……〈女神〉の預言が、食い違うなど……」

「預言だと？」

レオニスは訝《いぶか》しげに問いただすが、

「あり得ぬ、あり得ぬ……あの御方《おかた》は、この〈死都《ネクロソア》〉におわすのじゃあああ！」

老人の矮躯《わいく》が膨れ上がり、激しい瘴気《しようき》が噴き上がった。

――ピシッ――ピシピシッ、ピシッ――――！

「……なに？」

ゼーマインを中心として、空間に亀裂が走り、そして――

その身体《からだ》が、内側から爆《は》ぜた。

ヴオオオオオオオオオオオオオッ――――！

虚空の亀裂より現れたのは、醜悪で巨大な化け物だ。

「ふん、貴様も虚無に喰《く》われていたか――いや、喰わせたのか？」

地下空洞に激震が走り、天井の岩が崩れ落ちてくる。

――ピシッ――ピシピシッピシッ、ピシッ――――！

と、周囲の結晶がひび割れ、無数の〈ヴォイド〉が這《は》い出してきた。

◆

「セリア――――！」

エルフィーネの叫びは、激しい炸裂音《さくれつおん》にかき消された。

リーセリアの身体が吹き飛ばされ、地面に叩《たた》き付けられる。

「セリア！」

エルフィーネは危険を顧みず、リーセリアのそばへ駆け寄った。
「……っ……く、う、う……」
苦しそうに呻《うめ》き声を上げる、後輩の少女。
「フィーネ、先輩……逃げ……て……」
それでもなお、立ち上がろうとする彼女の手を、しっかりと握りしめる。
エルフィーネは背後を振り返る。
ライオットの全身が、炎に包まれて燃え上がっていた。
その姿はまるで、炎の魔神のようだ。
（あれは、イルマから奪った〈聖剣〉の能力ね――）
自身の身体を竜巻で覆う、攻防一体の〈聖剣〉だ。
ライオットの〈魔剣〉に取り込まれたことにより、炎の竜巻に変化している。
もはや、人の姿を失ったその怪物が、大剣を手に接近してくる。
追撃してこない、その意図は――
（……リーセリアの〈聖剣〉を取り込むつもり!?）
エルフィーネは歯嚙《はが》みした。
――それだけは。それだけは、絶対にだめだ。
リーセリアが、〈聖剣〉を授かるまで、どれほどの努力をしてきたか――

嘲笑され、侮られ、それでもなお、彼女は諦めなかった。
その果てに、ようやく手に入れた〈聖剣〉を――
……奪わせるわけには、いかない！
「ライオット！」
エルフィーネは立ち上がり、リーセリアから距離をとる。
護身用の拳銃を引き抜いた。
〈第三階梯聖剣《アーティフィシャル・レリック》〉レイ・ホーク――〈聖剣〉を模して作られた武器。
即座に安全装置を解除し、たて続けに発砲。
だが、その銃弾は、ライオットの纏《まと》う炎に呑《の》み込まれてしまう。
そう、こんなこけおどしの武器など、通用するはずがない。
だが、彼の注意を逸《そ》らすことには成功したようだ。
リーセリアのもとへ向かう炎の魔神が、彼女のほうを向く。
エルフィーネは発砲を続けつつ、叫んだ。
「ライオット、あなたが望んだのは、そんな力なの!?」
と、彼の纏う炎が大きく膨張した。
熱気が肌を炙《あぶ》る。あの炎に呑まれれば、自分は即死するだろう。
それでも、拳銃を構えたまま、ライオットをまっすぐに見据えて睨《にら》む。

「あなたが望んだ〈聖剣〉のカタチは――」

『俺ハ……』

と、炎の魔神が、声を発した。

「……っ!?」

『俺ノ……〈聖剣〉ハ……アイツラを、守レナ、カッタ……！』

それは、彼の肉声ではない。炎の竜巻の中で、発声できるはずもない。

虚空に浮かんだ〈天眼の宝珠《アイ・オヴ・ザ・ウィッチ》〉が、彼の声を拾っているのだ。

〈魔剣〉に蝕《むしば》まれた精神の奥底で叫ぶ、彼の声を――

「俺ハ、タダ……大切ナ……守レル……チカラ、ガ――！」

「ライオット！」

激しい炎が噴き上がり、夜の闇を塗り潰した。

エルフィーネは思わず、下がりそうになるが、なんとかその場に踏みとどまる。

第七小隊の仲間の死を、たった一人で背負い続け――

〈魔剣〉の力に縋《すが》ってしまった、その慟哭《どうこく》を受けとめる。

彼は心の奥底で、止めて欲しいと願っていた。

（だから、あの時、わたしに〈魔剣〉と〈女神〉の声のことを話した――！）

――〈天眼の宝珠〉が、エルフィーネの周囲に集まった。

〈宝珠〉が共鳴し、ライオットの魂の叫びを伝えてくる。

「ライオット、あなたは――」

「黙レ……黙レエエエエエッ……！」

ゴウッ――！

ライオットが炎の大剣を振り下ろした。

大地が爆発し、エルフィーネの身体《からだ》が激しく吹き飛ばされる。

「――フィーネ先輩！」

リーセリアの悲鳴が響きわたる。

「……っ！」

倒れ伏したエルフィーネは、地面の土を握りしめた。

――脳裏に甦《よみがえ》るのは、何度も夢に見た、あの日。

ただ恐怖に怯《おび》え、立ち上がることもできなかった、あの日の後悔。

（……けれど、わたしはもう、逃げない）

彼の魂を、救うために――

エルフィーネは立ち上がった。

拳銃を捨て、燃えさかる炎の魔神をまっすぐに睨《にら》み据える。

ライオットはふたたび、炎の大剣を振り下ろす。

「オ、オオオオオオオオオオッ！」

「あなたが望んだのは、その力じゃない」

恐怖はある。それは認める。

認めた上で、立ち向かう。彼の魂を蝕《むしば》む〈虚無〉を消し去るために――

「見せてあげる。あなたが求めた、本当の〈聖剣〉の力を――！」

彼女の周囲に集った〈天眼の宝珠《アイ・オヴ・ザ・ウィッチ》〉が、眩《まばゆ》い光を発した。

光の粒子が収束し、闇を明るく照らし出す。

「聖剣〈天眼の宝珠〉形態変換《モード・シフト》――〈魔閃雷光《レイ・オヴ・ヴォーパル》〉！」

エルフィーネが手を伸ばし、命令の言葉を発した。

「――撃《ファイア》て！」

眼《め》を焼くような、白い閃光《せんこう》。

〈宝珠〉より放たれた圧倒的な火力が、炎の魔神に降りそそいだ。

「ア、アアアアアアッ！」

ほとばしるライオットの絶叫。

その巨躯が激しい光の奔流に呑《の》み込まれ――

炎の〈魔剣〉は砕け散った。

◆

「まだ息があるわ。二人に治療を――」

「ええ、任せて」

ライオットの息を確認したエルフィーネが、背後に声をかけると、退避していたシレジアがあわてて駆け寄ってきた。

「セリアは――」

「……大丈夫です」

と、苦しそうに呻《うめ》きつつ、リーセリアが立ち上がった。

「ええっ、あ、あんな傷を負ってたのに……」

と、驚くエルフィーネ。彼女は〈魔剣〉の炎をまともに浴びたはずだ。

「せ、〈聖剣〉の力で、炎の熱を軽減したんですよ」

「そう……」

不審に思いつつも、現に動けている以上、納得するしかない。

――と、その時。

頭上に浮遊する〈天眼の宝珠《アイ・オヴ・ザ・ウィッチ》〉が、警告の音を発した。

「――なに⁉」

あわてて周囲を見回すと――

「……っ、ヴォイド!?」

闇の中に輝く真紅の眼《め》。

二体、三体、五体、七体……と、増え続ける。

「まさか孵化《ふか》がはじまった――？」

「そんな……！」

周囲を取り囲む〈ヴォイド〉は、その数を爆発的に増してゆく。

「……っ、どうする？」

「強行突破、しかないと思います」

〈聖剣〉を構えたリーセリアが、額の汗を拭う。

そう、強行突破しかない。しかし、この数だ。

負傷者を連れて、突破できるだろうか――

「……俺は、ここに置いていけ……」

「ライオット!?」

意識を取り戻したライオットが、息も絶え絶えに呟《つぶや》く。

「この先に、第五……小隊の部下が、いるはずだ……あいつら、を――」

「彼らは無事なの？」

「……〈聖剣〉を、奪った、が……とどめは、刺していない筈《はず》、だ……」

「そう、わかった。もう喋《しゃべ》らなくて大丈夫」

エルフィーネは頷《うなず》くと、立ち上がって周囲の〈ヴォイド〉を見回した。

「早く……行け……」

と、促すライオットに、彼女は首を横に振り――

「――もう、あんなことは二度と繰り返させない」

〈天眼の宝珠《アイ・オヴ・ザ・ウィッチ》〉を頭上に集める。

「今度は、わたしが救う」

エルフィーネの頭上で、〈魔閃雷光《レイ・オヴ・ヴォーパル》〉が回転する。

ズオンッ、ズオンッズオンッズオンッズオンッ――――！

〈宝珠〉に収斂《しゅうれん》した閃光《せんこう》が、増殖するヴォイドを一気に薙《な》ぎ払った。

「……っ、フィーネ先輩、すごい……！」

「わたしが道を切り開く。第五小隊を救出して、ここを脱出するわよ！」

◆

「キヒヒヒヒッ、楽ニハ殺サヌゾ、アノ御方《おかた》ノ名ヲ騙《かた》ル不届キ者ガアアアアア！」

山のように巨大な化け物が、レオニスめがけて触手を叩《たた》き付ける。

ズオオオオオオオオオオオンッ！

触手は、地を這《は》う小型〈ヴォイド〉の群れごと、岩壁を叩き潰した。

「ふん、貴様が〈ヴォイド・ロード〉というわけか」

レオニスは影を伝い、突き出した別の岩の上に移動する。

虚無に侵食されたゼーマインは、蠢《うごめ》く巨大な肉塊の化け物だった。

「皮肉なものだ。貴様自身の生み出した合成生物そっくりではないか――」

そういえば、地下霊廟《れいびょう》で初めて〈ヴォイド〉の姿を見た時。そのあまりの醜悪さに、ゼーマインの合成生物を連想したものだ。

「〈ヴォイド〉ハ――進化ノ〈可能性〉ノ具現、究極ノ生命体……！」

肉塊の中に生まれた、無数の口が同時に開き、熱閃《ねつせん》を放射する。

「――〈爆裂咒弾《ファルガ》〉！」

レオニスの放った呪文が熱閃を直撃。空洞内を爆風が吹き荒れた。

「第八階梯《かいてい》魔術――〈氷烈連斬《シャリア・ノース》〉！」

高位魔術を詠唱。氷刃が吹き荒れ、ゼーマインの触手をズタズタに斬り裂く。

が、切断面から激しい瘴気《しょうき》が吹き荒れ、たちまち再生してしまう。

「その再生能力……貴様、自身を合成生物にしたな？」

「キヒ、キヒヒヒッ、ゴ名答。ダガ、コノ姿ハ進化ノ半バ……〈魔王〉、ソシテ〈六英雄〉ト融合シタ時、我ハコノ星ノ神トモナロウ――」

「――なるほど、いかにも愚物の考えそうなことだ」

レオニスは冷笑した。

この〈死都《ネクロゾア》〉に眠る〈不死者の魔王〉を復活させ、取り込むのが目的か。

（……〈魔王〉と融合するなど、不可能な話だろうに）

竜王ヴェイラ、海王リヴァイズ、獣王ガゾス、鬼神王ディゾルフ――

〈魔王〉を〈魔王〉たらしめているのは、圧倒的な個としての強さだ。

神々を取り込んだ、〈六英雄〉とは違う。

〈魔王〉を取り込もうとすれば、逆に喰《く》われることになるだろう。

――ピシッ、ピシピシピシッ――！

地底湖の〈巣《ハイヴ》〉が割れ、無数の〈ヴォイド〉が這《は》い出し、レオニスを襲う。

「――〈炎焦波《フラニス》〉！」

レオニスの放った炎の波が、〈ヴォイド〉をまとめて焼き尽くす。

「ちっ、これだけ数がいると、さすがに面倒だな」

この〈死都〉に蔓延《はびこ》る〈巣〉ごと、まとめて滅ぼし尽くしたいところだが――

ゼーマインは〈ダーインスレイヴ〉を抜く間は与えてくれまい。

（……面倒だが、呪文で磨《す》り潰していくか――）

と、その時――

ヒュンッ、ヒュンヒュンッ――！

影の鞭《むち》が、殺到する〈ヴォイド〉の群れを切り裂いた。

「魔王様、ご無事ですか！」

岩陰の影から現れたのは、鞭を手にしたメイド暗殺者だ。

「シャーリよ、なにをしていた」

「申し訳ありません、宝物殿にわいた虫どもを掃除しておりました」

スカートの端をつまみ、恭しく頭を下げるシャーリ。

「――そうか。まあいい、そこの虫どもも片付けよ」

「はっ！」

シャーリは〈ヴォイド〉の群れに飛び込み、影の鞭を縦横無尽に振るう。

「オオオオオオオオオオオオオオオッ――！」

ゼーマインが触手を放とうとするが――

「第八階梯《かいてい》魔術――〈極大消滅火球《アルグ・ベルゼルガ》〉！」

ゴオオオオオオオオオオオオオオオンッ！

炎系統最強魔術が、そのことごとくを焼き尽くす。

「熱イ……熱イイイイイ！」

「貴様は、そこで地を這《は》うのがお似合いだ」

レオニスは〈封罪の魔杖《まじよう》〉を振り上げ、足下に骨の祭壇を組み上げた。

その頂点に立ち、のたうつ究極生物とやらを見下ろした。

そのどうしようもなく醜い姿に、かすかな憐憫《れんびん》さえ覚える。

（やれやれ、ヴェイラとの戦いは血が躍ったものだが――）

哀れな虫を殺したところで、なんの感情も覚えない。

「本来、貴様など、この〈魔剣〉を抜くにも値しないが――」

レオニスは魔杖の柄を回し、〈ダーインスレイヴ〉を抜き放つ――！

――汝は、天に授けられし、世界を救済する剣《汝は、天に叛逆する為に生み出されし、世界を滅ぼす剣》。

――神々に祝福されし、聖なる剣《女神に祝福されし、魔なる剣》。

闇に堕《お》ちたるその銘は――魔剣〈ダーインスレイヴ〉。

「俺の〈王国〉に蔓延《はびこ》る虫共は、一匹残らず滅ぼし尽くさねばなるまい」

「馬鹿ナッ……ソレハ……ソノ光ハアアアアアッ――」

ズオオオオオオオオオオオオオオオオオオオオオオンッ！

巨大な闇の刃《やいば》が、地底湖の巨大な〈巣《ハイヴ》〉の中心に振り下ろされた。

◆

神殺しの〈魔剣〉による破壊の光は、地下十一階層までを一気に貫通し、〈ヴォイド〉の〈巣〉を完全に消滅させた。

眼下に広がる巨大な大穴を見下ろしながら、レオニスは剣を魔杖に収める。

「魔王様、不届き者がまだ生きております」

「ああ、わかっている。わざと外したからな」

穿《うが》たれた大穴の淵に、蠢《うごめ》く肉片がへばりつき、必死に逃走しようとしている。

レオニスはふわりと浮かび上がると、その肉片の前に降り立った。

「さて、ゼーマインよ。貴様にはいろいろと聞きたいことがある」

のたうつ哀れな肉塊を、レオニスは容赦なく踏みにじった。

「アア……レ、オニス……様アアアアア……慈悲、ヲオオオオ……」

「ふん、ようやく、俺が本物の〈不死者の魔王〉だと理解したようだな」

蠢く肉塊を、レオニスは冷徹に見下ろして、

「俺のする質問の返答しだいでは、生かしてやってもよいが、どうする?」

「アアアアッ……ドウカ、命ダケ、ハアアアアア……」

再生と崩壊を繰り返しつつ、無様に命乞いをするゼーマイン。

「よかろう。では、最初の質問だ」

レオニスは魔杖《まじょう》の柄を地面にズンッ、と叩《たた》き付けた。

「お前たちは、〈魔王〉や〈六英雄〉を復活させ、なにを企んでいる？」

「私ハアアア、レオニス様ニ、忠義ヲ尽クシ、復活サセルタメエエエッ――」

「なるほど。死にたいようだな」

レオニスは杖の尖端《せんたん》に炎を生み出し、肉片の一部に押しあてた。

「アッ、アアッ……ワ、我々ハアアアッ、メ、女神、ノ……預言ノ為《ため》エエエッ」

「預言だと？　なんだそれは――」

レオニスの知る〈女神〉の預言は、ただひとつ。

〈叛逆の女神《ロゼリア・イシュタリス》〉の魂が、一〇〇〇年後の世界に転生する、という預言だ。

それ以外に、別の預言があるというのか――？

「……ヨ、預言ヲ知ルノハ、アノ御方《おかた》……我々ハ、手足ニ過ギマセヌ……」

「あの御方、か――貴様の新たな主《あるじ》は、異界の魔王〈アズラ＝イル〉だな？」

「〈アズラ＝イル〉……異界ノ魔王……？」

「そうだ。奴《やつ》は〈女神〉の信奉者だった」

「……」

「ふむ、予想どうりだな。奴はこそこそと何を企んでいる？」

レオニスが続けて問うと、

「……チ、ガ……ウ……」

「なに？」

「アノ御方……ハ……――」

その時――

「――魔王様っ！」

シャーリが、背後で鋭い警告の声を発した。

（……むっ⁉）

レオニスが飛び退くと同時、のたうつ肉塊に激しい雷閃《らいせん》が降り注ぐ。

「ギャオアアアアアアアアアアアアアアアアアアッ！」

ほとばしる無数のプラズマ球。

断末魔の叫びと共に、ゼーマインだったものは、一瞬で消し炭となった。

（……なんだ？）

レオニスは、雷閃の放たれた方角に素早く視線を向けた。

と、地下空洞の崖の上――

白い仮面を着けた青髪の少女が、レオニスを見下ろしていた。

「貴様、俺の審問を邪魔するとは、何者だ？」

「……」

だが、仮面の少女は、レオニスの問いに答えることなく――

裾の長い白装束をはらりと翻《ひるがえ》し、なにか印を切るような仕草をした。

ピシッ――ピシピシピシッ、ピシッ――ピシピシッ！

と、少女のいる空間に、〈ヴォイド〉が出現する時と同じ亀裂が奔《はし》る。

「……っ、逃がしません――！」

シャーリが咄嗟《とっさ》に短刀を投擲《とうてき》するが――

短刀は亀裂に呑《の》み込まれ、謎の少女もまた、亀裂の中に姿を消してしまった。

「魔王様、あの者は、一体……」

「……ふん、おそらくは、ゼーマインの監視役といったところだろう。俺としたことが、抜かったな。奴《やつ》は使い捨ての駒に過ぎなかった、というわけだ」

そう肩をすくめてぼやきつつ、ふと足下に視線を落とした。

ゼーマインの消滅したその場所に、黒い三角錐《さんかくすい》の形をした石片が落ちていた。

「なんだこれは……？」

「魔力結晶、でしょうか」

「いや……まあいい、あとで調べてみるか」

レオニスは身を屈《かが》めて石片を拾い上げると、影の中に無造作に投げ入れる。

直後、強烈な眠気と疲労感に襲われ、レオニスはわずかによろめく。

「魔王様、どうなされましたか」

「心配するな。〈魔剣〉を使った反動だ。少し……ここで、眠るぞ」

目をこすり、レオニスは石の地面の上に横たわった。

「ま、魔王様っ、お、お膝のっ、お膝の枕はご所望でしょうか!?」

「ん？　いや、お前は、リーセリアたちを護衛してくれ」

「……かしこまりました」

なぜか、少し落胆したようなシャーリの返事を聞きつつ——

レオニスは静かに瞼《まぶた》を閉じた。

エピローグ

満点の星空の下。夜の闇よりも黒い髪が、微風に吹かれて揺れている。

「──どうだい？　〈不死者《アンデッド》〉の肉体になった感想は」

神殿の祭壇の前に腰掛けた彼女は、死より甦《よみがえ》ったばかりの少年に手を伸ばした。

ほんの数ヶ月《すうかげつ》まで、勇者と呼ばれていた少年に──

「あまり実感はない、かな」

と、少年は自身の手を見て首を振る。

「ああ、最初のうちは、そうかもしれないね」

「僕が〈魔王〉、か──」

少年は、その年齢に似つかわしくない、皮肉っぽい微笑を浮かべた。

〈旧世界の魔王《ゾール・ヴァディス》〉を倒し、人類の英雄となった彼は、救ったはずの王国に裏切られ、すべてを奪われたあげくに殺された。

──そして、彼女に出会ったのだ。

〈叛逆の女神《はんぎゃく》〉──ロゼリア・イシュタリスに。

「そう、〈魔王〉──今から君は、この世界の敵となる」

女神は、慈《いつく》しむように少年の頭をそっと撫《な》でた。

「けれど、覚えていて――」

どんな時も、レオ――私は君と、一、緒にいいるよ。

◆

「……う、ん……う……」

心地のよい微睡《まどろ》みの中で、レオニスは目を覚ました。

「セリア……さん？」

目を開けると、透き通った蒼氷《アイスブルー》の瞳がレオニスを見つめていた。

「――あ、レオ君、やっと起きた」

リーセリアはくすっと微笑《ほほえ》んで、繊細な指先でレオニスの頬《ほお》を優しくくすぐる。

後頭部にあたるやわらかな感触に、ようやく、彼女に膝枕されていることに気付く。

「す、すみません……」

あわてて上半身を起こし、あたりを見回すレオニス。

そこは、走行する軍用ヴィークルの中だった。

時刻は早朝だろう。窓の外では、薄暗い荒野に陽《ひ》が昇りはじめている。

運転しているのは、エルフィーネだ。

「レオ君、まだ寝てていいのよ」

「セリアお嬢様の膝枕を、たっぷり堪能《たんのう》したほうがお得ですよ」

向かいに座るレギーナが、悪戯《いたずら》っぽく微笑んだ。

（……森を出る頃には、まだ起きていたんだがな）

第十八小隊は〈第〇七戦術都市《セヴンス・アサルト・ガーデン》〉に帰投するところであった。

森の中心部に構築された〈巣《ハイヴ》〉の本体は、原因不明の地震で壊滅した。

点在する小規模な群生体は、リーセリア達《たち》が潰して回り、一応、部隊としての任務は無事に完遂した、ということである。

（ゼーマインを捕虜に出来なかったのは、手痛い失敗だが）

ゼーマインを殺した、あの青髪の少女。

（……奴《やつ》は、一体何者だ？）

ネファケス、ゼーマインのような〈魔王軍〉の幹部ではないだろう。

それに、なんとなく、だが――

あの女の白装束は、咲耶《さくや》の着ている〈桜蘭《おうらん》〉の衣と似ているような気がした。

その咲耶は、レギーナに肩をあずけて、すぅすぅ眠っている。

彼女はたった一人で、修羅のようにヴォイドの結晶体を破壊して回ったそうだ。

「少年の寝顔、可愛《かわい》かったですよ」

と、レギーナが端末で撮影した画像を見せてきた。

膝枕に頭を預け、口を半開きにした、なんとも間抜けなレオニスの顔である。

「か、返してください！」

「だめですよ、これは個人的に楽しむので」

「レギーナ、わたしにも後で送ってね」

「はい、お嬢様♪」

◆

そんな、後部座席でじゃれ合いを繰り広げるレオニスたちをミラー越しに眺めつつ、運転席のエルフィーネはふっと小さく息を吐く。

（……誰一人欠けることなく、〈ヴォイド〉の〈巣《ハイヴ》〉から生還できた）

ライオット・グィネス以下、重傷の第五小隊、および第十二小隊のメンバーは、すでに軍用航空機で〈第〇七戦術都市《セヴンス・アサルト・ガーデン》〉に搬送された。

ライオットは治療を受けた後、必要な裁判を受けることになるだろう。

（〈魔剣〉による心神喪失状態にあったとはいえ、処分は軽くないでしょうね）

第五小隊の二人は、〈聖剣〉の力を奪われたものの、一命は取り留めた。

それは、仲間を守るために力を欲した、彼の最後の一線だったのだろう。

（彼は強かった。わたしよりも、ずっと……）

そんな彼でさえ、〈魔剣〉の力に堕《お》ちてしまった。

エルフィーネは小さく唇を噛《か》むと、ハンドルを握りしめる。

〈魔剣計画《demons sword project》〉――〈聖剣〉の強制進化。

一度は凍結されたその計画を、何者かが、再び始めようとしている。

その計画に、彼女の父が関わっている可能性がある。

（フィレットは、いったいなにを考えているの？）

そして、彼女にこの情報を与えた、姉の意図は――

（姉は、わたしに何かをさせたがっている……）

〈帝都〉で、なにか大きな事態が動きつつある。

おそらく姉は、彼女をその渦中に引き込もうとしているのだろう。

（いえ、姉じゃない。これは、わたしが望んだ戦い――）

後部座席にチラッと視線を移すと、レオニスをどちらの膝枕にのせるか、主従の間で奪い合いがはじまっていた。

（巻き込めない。わたしの戦いに、巻き込むわけいにはいかない。けれど――）

けれど、彼ならば、もしかしたら――

と、エルフィーネはその十歳の少年に、熱く静かな眼差《まなざ》しを向けた。

◆

レオニスが〈フレースヴェルグ寮〉の自室に戻ると――

巨大な黒狼《こくろう》が、ベッドの上にごろんと寝そべっていた。

「……む、意外と早かったな。我が友よ」

のっそりと起き上がり、床に降り立つブラッカス。

「ブラッカス、俺のベッドで寝るのは無論構わんが、毛は掃除してくれ。リーセリアに見つかるかもしれないからな」

「ああ、心得た」

ブラッカスはモフモフのしっぽで、サッとベッドの上をひと撫《な》でした。

「〈死都《ネクロゾア》〉では、なにかめぼしいものは発見できたか?」

「いや、そうたいしたものはなかったな」

言って、レオニスは足下の影から大きな骨を引き上げた。

「巨人の大腿骨《だいたいこつ》か」

「土産《みやげ》だ。好物だっただろう」

レオニスの放り投げた骨を、ブラッカスは空中で器用に咥《くわ》えてキャッチする。

「かたじけない」

「まあ、完全な骨折り損というわけでもなかったがな……」

と、レオニスはベッドに腰掛けて、〈死都〉での出来事を話して聞かせた。

「ふむ、ゼーマインか。唾棄すべき者だ。奴《やつ》もこの時代に甦《よみがえ》っていたとはな」

話を聞き終えたブラッカスは、吐き捨てるように言った。

「背後に〈アズラ＝イル〉の存在は確認できなかったが、何者かが〈魔王軍〉の幹部を手駒にして、なにかを企んでいるのは間違いないようだ。それに、ゼーマインの奴が、少し気になることをほざいていた。連中は、〈女神〉の預言のために動いていると——」

「〈女神〉の預言だと？」

「ああ。だが、俺の知る限り、そんな預言は存在しない」

首を振りつつ、呟《つぶや》くレオニス。

「その預言によれば、俺はまだ〈死都〉に封印されているはず、だそうだ」

「ふむ、つまり連中にとって、マグナス殿の復活はイレギュラーということか」

「……そういうことだな」

あるいは——

レオニスが、リーセリアの手によって予定よりも少し早く目覚めたことで、その預言とやらがねじ曲げられた、とも考えられる。

（俺が目覚めるのが、あと数日でも遅ければ――）

おそらく、アラキール・デグラジオスの〈大狂騒《スタンピード》〉により、〈第〇七戦術都市《セヴンス・アサルト・ガーデン》〉は壊滅し、クリスタリアの〈廃都〉では、〈聖女〉ティアレス・リザレクティアが〈女神〉の器になり、〈竜王〉ヴェイラは、虚無に呑《の》まれていただろう。

「まあ、なんにせよ――」

と、レオニスは不敵に嗤《わら》った。

「この俺に敵対する者は、圧殺し、蹂躙《じゅうりん》するのみだ」

――その時、コンコン、と部屋のドアを叩《たた》く音がした。

「レオ君、ちょっと、いいかな……」

「え？　は、はい……ちょっと待ってください！」

リーセリアの声に、あわてて返事をするレオニス。

ブラッカスは骨を咥《くわ》えたまま、素早く影の中に飛び込んだ。

「――えっと、大丈夫です」

ドアが開き、リーセリアが部屋の中に入ってくる。

シャワーを浴びたあとなのか、彼女の髪はしっとりと濡《ぬ》れそぼっていた。

「学院への報告は済ませたわ。大規模な地震が発生して、〈巣《ハイヴ》〉が消滅したって」

リーセリアはベッドの上にちょこんと座ると、

「〈巣〉を消滅させたのは、レオ君ね？」

「……」

レオニスは一瞬、息を呑むが——

「……ええ、あれは僕がやりました」

彼女には、すでに、魔剣〈ダーインスレイヴ〉を使うところを目撃されている。

誤魔化《ごまか》しても無駄なので、素直に白状することにした。

「そう……」

リーセリアは頷《うなず》くと、なにかを決心したようにこくっと頷く。

透き通った蒼氷《アイスブルー》の瞳で、レオニスをじっと見つめて——

「あのね、湖に沈んでいた石像の碑文、少しだけ、解読——できたの」

「……え？」

レオニスは思わず、間の抜けた声を発してしまう。

「解読……って、どうやって？」

「お父様の書斎にあった本、それに挟まれていた対訳のメモが、あの碑文に刻まれていた文字と同じだったの。それでね——」

リーセリアは少し緊張したように、息を呑《の》み込んで——

「偉大なる《イエファアナ・ルア》、死者の王国の《レーイ・ナサグ・カ》——王《アスラ》……レオニス・デス・マグナス」

と——

彼女は、懐から取り出した紙にある記述を、ゆっくりと読み上げた。

「……っ!?」

リーセリアは、ぐっと顔を近付けて、耳もとで囁《ささや》いた。

「レオ君、君は一体——何者なの？」

あとがき

——お待たせしました。志瑞祐《しみずゆう》です。

人類が危機に瀕《ひん》した未来世界を舞台に、〈魔王〉と〈英雄〉が暴れ回る、学園ソード・ファンタジー、『聖剣学院の魔剣使い』5巻をお送りします。

今回の表紙はエルフィーネお姉さん。（レオ君にとって）お姉さんばかりの第十八小隊の中でも、とくに大人の魅力溢《あふ》れてますね。黒髪ロング&黒ストは正義。

さて、第5巻では、今後の展開の伏線となるキーワードが出てきました。

フィレット社の〈魔剣計画〉。滅びたはずの〈女神〉の声。ヴェイラの指摘した星の変化。咲耶《さくや》の姉。〈女神〉の欠片《かけら》。クリスタリア公爵の本。そして、ネファケス、ゼーマインをはじめとする〈魔王軍〉の裏にいる存在——

渦巻く様々な陰謀を、レオニスは〈魔王〉の正体を隠したまま、打ち砕くことができるのか。また、今回出番のなかったエルフの勇者アルーレ、レオニスの師匠である〈六英雄〉の〈剣聖〉も話に関わってきます。今後の派手な展開に、乞うご期待ください！

謝辞です。

遠坂《とおさか》あさぎ先生、今回も素晴らしいイラストをありがとうございました！　リーセリアとエルフィーネの表紙はもちろん、お団子シャーリ、ヘッドロックを極《き》められるレオニスなど、コミカルなシーンも表情豊かでとても楽しいです。

同じく挿絵を描かれている、『レベル０の魔王様、異世界で冒険者を始めます』（ＧＡ文庫）、『豚のレバーは加熱しろ』（電撃文庫）のイラストも本当に素敵で、あらためて、遠坂先生にイラストを引き受けて頂けてよかった、と幸せを噛《か》みしめております！

毎月ハイクオリティな漫画作品を描いてくださっている、蛍幻飛鳥《けいげんあすか》先生。キュートなキャラクターと迫力のバトルシーンは、最高の一言です。

コミックの２巻は来月発売となりますが、無数の〈ヴォイド〉と戦う〈大狂騒《スタンピード》〉、アラキール・デグラジオスとのバトルは圧巻です。ぜひぜひ読んでみてください。

担当編集様、今回も様々な面でのサポート、本当にありがとうございました。いつもご迷惑をかけ通しですみませんすみません（大事なことなので二回）。

また、本作品をお届けするにあたり、出版社様、書店様をはじめとする、大勢の皆様にお力をお借りしています。重ねて感謝を！

そして、最大の感謝は、本書をお手にとって下さった読者の皆様に。

本当にありがとうございます！

お知らせです。少年エース誌上にて、宇野朴人《うのぼくと》先生の『七つの魔剣が支配する』（電撃文庫）とコラボさせて頂くことになりました。『ななつま』は、僕が発売日に買って読んでいる大好きなシリーズで、今回のコラボ企画はとても光栄です。宇野先生と対談などさせて頂いているので、ぜひチェックしてみてください！

――そんなわけで、次は6巻でお会いしましょう！

巻末の読者アンケートより、感想を頂けると、作者は飛び跳ねて喜びます。

二〇二〇年八月　志瑞祐《しみずゆう》

ファンレター、作品のご感想をお待ちしています

あて先

〒102-0071　東京都千代田区富士見2-13-12
株式会社KADOKAWA　MF文庫J編集部気付
「志瑞祐先生」係　「遠坂あさぎ先生」係

MF文庫J

聖剣学院の魔剣使い 5

2020年9月25日　初版発行

著者　志瑞祐

発行者　青柳昌行

発行　株式会社 KADOKAWA
〒102-8177 東京都千代田区富士見 2-13-3
0570-002-301（ナビダイヤル）

印刷　株式会社廣済堂

製本　株式会社廣済堂

Printed in Japan　ISBN 978-4-04-064944-3 C0193

◇◇◇

聖剣学院の魔剣使い
Demon's Sword Master of Excalibur School
月刊少年エースで大好評連載中!
原作｜志瑞 祐
漫画｜蛍幻飛鳥
キャラクター原案｜遠坂あさぎ
コミック最新第2巻
2020年10月26日発売!